DE DOMINGO A LUNES

*A LA
ORILLA
DEL VIENTO*

DE DOMINGO A LUNES

FRANCISCO HINOJOSA

ilustrado por

RAFAEL BARAJAS, *EL FISGÓN*

FONDO
DE CULTURA
ECONÓMICA

Primera edición,   2008
Tercera reimpresión,   2014

Hinojosa, Francisco
    De Domingo a Lunes / Francisco Hinojosa ; ilus. de Rafael Bara-
jas, *El Fisgón*. — México : FCE, 2008
    122 p. : ilus. ; 19 × 15 cm — (Colec. A la Orilla del Viento)
    ISBN 978-607-16-0008-0

    1. Literatura infantil I. Barajas, Rafael, ilus. II. Ser. III. t.

LC PZ7   Dewey 808.068 H799u

Distribución mundial

Este libro fue escrito con el apoyo del Sistema Nacional de Creadores de Arte

© 2008, Francisco Hinojosa, texto
© 2008, Rafael Barajas, *El Fisgón*, ilustraciones

D. R. © 2008, Fondo de Cultura Económica
Carretera Picacho-Ajusco, 227; 14738 México, D. F.
www.fondodeculturaeconomica.com
Empresa certificada ISO 9001:2008

Editores: Miriam Martínez y Carlos Tejada
Diseño gráfico: Gabriela Martínez Nava
Diseño de la colección: León Muñoz Santini

Comentarios: librosparaninos@fondodeculturaeconomica.com
Tel.: (55)5449-1871. Fax: (55)5449-1873

ISBN 978-607-16-0008-0

Impreso en México • *Printed in Mexico*

Índice

Para Alejandra y Adriana
Para Omar

El primer niño del año

Los regalos que el señor Juan Domingo Águila hacía a los padres del primer niño nacido cada año en Groentalia eran famosos en el mundo. De costa a costa y de montaña a montaña, no existía nadie en todo el país que no iniciara el año atento a las noticias para conocer los nombres de los afortunados padres y para enterarse del regalo que recibiría su hijo. Los noticiarios internacionales también daban cuenta del suceso en todos los medios de comunicación del planeta.

A su primer ahijado, de nombre Arnulfo, el señor Águila le dio un ferrocarril de juguete que recorría casi un kilómetro y pasaba por puentes, túneles, montañas, pueblos, desiertos y lagos en miniatura. La locomotora echaba humo de verdad y emitía de cuando en cuando un silbido, que era al mismo tiempo dulce y feroz. En cuanto el niño cumplió los siete años, el tren empezó a ser operado a control remoto por él mismo. Todos los niños de Groentalia y sus papás y sus abuelos salían los domingos para ver el recorrido que hacía. Al poco tiempo, en cuanto la gente de otras ciudades se enteró del fabuloso ferrocarril, empezó a visitar Groentalia para ser testigo de tan maravilloso espectáculo. A pesar de que los papás de Arnulfo cobraban muy poco dinero por la entrada, era tanta la gente que iba que en poco tiempo pudieron comprarse una casa.

A Grunilla —que nació un dos de enero y fue la primera niña del año— le regaló una máquina llamada Caja Golosa, que se inventó en una isla llamada Lugano. Era una pequeña fábrica de golosinas. Con sólo programarla, podía elaborar los más variados manjares de dulce: chocolates de todas las formas y texturas, paletas que a cada chupada sabían a algo distinto, helados que nunca se derretían, caramelos que al morderse sabían a vainilla y olían a hierbabuena, fresas cubiertas de crema de almendra y rellenas de anís y muchas sorpresas más. Otra de las cualidades de la Caja Golosa era que sus ingredientes nunca se agotaban. Al cabo de un año, casi todos los habitantes de Groentalia habían probado alguna de las golosinas que Grunilla compartía con ellos.

Un parque de diversiones fue el regalo que recibió Cristalina por haber sido la primera niña nacida en el año. En él había un carrusel que giraba al mismo tiempo que lanzaba fuegos artificiales, una rueda de la fortuna que subía y subía para dar vueltas a casi cincuenta metros del suelo, una casa de los sustos que mataba de la risa a quienes entraban y muchos otros inventos del señor Águila. Los sábados y domingos, Cristalina y su familia invitaban a todos los groentalianos a hacer uso gratuito de los juegos, algo que Grunilla aprovechaba para repartir a los asistentes palomitas de maíz de todos los sabores fabricadas por su Caja golosa.

A Gelasio le dio un acuario que el señor Águila construyó junto al parque de Cristalina. En él se podían observar variados seres que habitan el mundo marino, desde los más grandes, como tiburones martillo, mantarrayas gigantes, peces dromedario y delfines gato, hasta los más pequeños, como guppies voladores, caballitos de mar color azul cielo, peces hormiga y caracoles anaranjados. Los invitados al acuario de Gelasio podían alimentar a los peces, nadar con los ballenatos y las focas y jugar con los lobos de mar.

Castillos de fantasía, barcos de diversión, tiendas de juguetes, zoológicos, huertas frutales: cada año el señor Águila regalaba algo distinto, y los beneficiados se convertían, de la noche a la mañana, en las personas más admiradas y envidiadas por el resto de los habitantes de Groentalia. Por eso, el sueño más frecuente de todos los matrimonios era tener un hijo que naciera el primer día del año.

Fortunato Feliz y su esposa Estrella estaban muy contentos por la maravillosa suerte que los hizo tener, en ese preciso momento, a su primer hijo, que como había nacido en lunes, decidieron llamarlo así: Lunes Feliz. Y también estaban muy alegres porque sabían que el regalo del señor Águila los haría aún más dichosos de lo que ya eran con el nacimiento de su primogénito.

Antes de ese día, el señor Feliz era velador en una fábrica de lápices. Por cada doce horas que se la pasaba con los ojos abiertos, cuidando el lugar para que no se fueran a meter los ladrones, dormía y descansaba un día completo. El sueldo que recibía a cambio de sus desvelos le alcanzaba para pagar la renta de una casa muy pequeña, para comer pollo todos los domingos, para comprar un poco de ropa y para ir con su esposa, de vez en cuando, al cine o a un balneario.

Por eso, cuando sonó el teléfono del hospital y el señor Juan Domingo en persona, o más bien en voz, felicitó al matrimonio, Fortunato Feliz pensó que por fin había llegado la hora en que la suerte se portaría bien con él. El corazón le latía tanto que sentía que un sapo se le había metido en el pecho.

La tarde siguiente, Fortunato, Estrella y Lunes Feliz se subieron al automóvil que los esperaba afuera del hospital. Como no tenía corbata, Fortunato se anudó un listón azul, se lavó los zapatos y se peinó con un poco de jugo de limón. Estrella, por su parte, consiguió que una enfermera le prestara un bonito suéter anaranjado, se pintó la boca con el lápiz labial que su esposo le regaló en su cumpleaños y se tejió una larga trenza, a la que le hizo un moño en la punta con la otra parte del listón azul que no había usado Fortunato. En cuanto a Lunes, él iba bien forrado en una manta blanca y sin tener la menor idea de lo que sucedía a su alrededor.

Un portero elegantemente vestido abrió la puerta del automóvil del que bajaron los alegres miembros de la familia Feliz. El señor Juan Domingo Águila los esperaba sonriente en un salón lleno de las fotografías de todos los recién nacidos a los que había apadrinado.

—Me da mucho gusto tener un nuevo ahijado —les dijo, justo cuando varias cámaras fotográficas tomaban el momento en el que el señor Águila ponía su manota sobre la diminuta mano de Lunes.

—Gracias, gracias —decía Estrella.

—Gracias, gracias —repetía Fortunato.

—Como ustedes ya deben saber, siempre doy un regalo al primer niño que nace cada año, ¡un gran regalo! —dijo con entusiasmo, con su cara redonda y roja, llena de alegría, y con una risa estruendosa que hacía vibrar todos los objetos.

—Gracias, gracias —insistió Estrella.

—Yo mismo me encargaré de llevarlos a la casa que construí especialmente para ustedes y para... ¿cómo se llamará mi ahijado?

—Lunes, Lunes —respondieron al unísono los señores Feliz.

—Ah, es un bonito nombre, sin duda merecedor de la casa que le he construido a él y a ustedes. Ya la verán. Estoy seguro

de que les gustará vivir allí tanto como a mí me gustó planearla y ordenar que la construyeran.

—Gracias, gracias —le brillaron los ojos a Estrella.

—No tienen nada que agradecerme. ¿Qué esperamos? Me muero de ganas de que conozcan su nueva casa cuanto antes.

Una roca a lo lejos

El señor Águila y la familia Feliz se subieron al automóvil que los esperaba afuera de la mansión. Salieron rápidamente de la ciudad y enfilaron el rumbo hacia la costa.

Durante el camino, Fortunato le platicó al señor Juan Domingo acerca de la fábrica de lápices en la que trabajaba. Luego trató de reconstruir el argumento de la última película que había visto con su esposa, de describirle la vida que llevaban y de contarle lo divertido que era ir a los juegos mecánicos del parque de Cristalina y lo deliciosas que eran las golosinas que Grunilla compartía con todos. Mientras, Lunes lloraba de cuando en cuando y Estrella le daba su pecho para calmarle el hambre.

La carretera se terminó justo cuando llegaron a la costa. Allí los esperaba una embarcación. El capitán ayudó a subir a los pasajeros, les dio la bienvenida y en unos cuantos minutos se puso en marcha mar adentro. Además de ellos, viajaban también en el barco una guacamaya y un tucán que parecían ser parte de la tripulación y que jugaban a perseguirse sin importarles sus compañeros de viaje.

Tras ellos, venían en una lancha de motor los fotógrafos y reporteros de los periódicos y la televisión, ansiosos por cubrir la noticia que todos esperaban: el momento en que el generoso señor Águila entregara su regalo a los afortunados padres del primer niño del año.

Con la ayuda de unos binoculares, alcanzaron a distinguir a lo lejos una pequeña roca. Conforme se fueron acercando a ella, se fue volviendo más y más grande. Al cabo de media hora llegaron a su destino.

—He aquí su nueva casa —les dijo con orgullo el señor Águila en cuanto desembarcaron en la isla.

Fortunato estaba tan asustado y lleno de emoción que sus ojos se parecían a los de un caballo. Y Estrella tenía la boca tan abierta que bien hubiera podido entrarle una naranja completa. Lunes, mientras tanto, dormía.

En medio de la isla se levantaba una casa que parecía copiada de un cuento de hadas, rodeada por un jardín lleno de árboles, de los que pendían frutas extrañas y coloridas. En un extremo había un corral: se podían escuchar los mugidos de las vacas y los relinchos de los caballos y, a lo lejos, el escándalo de las aves. En el otro se advertía un parque de juegos y, sobre la copa de un árbol, una casa de madera, la verdad casi tan grande —o tan pequeña— como el cuarto en el que habitaba antes la familia Feliz. También había un pozo de agua dulce, un campo de flores, un molino de viento, una alberca y una gran hortaliza que dejaba ver grandes y colorados jitomates, largas acelgas, calabazas verdes y anaranjadas, lechugas y espinacas.

La casa constaba de tres habitaciones, una amplia sala, un largo comedor, una pequeña biblioteca, una cocina bien surtida de utensilios y especias, un patio con una fuente y un baúl lleno de juguetes. Sillones blancos y azules, lámparas de cristal, alfombras con dibujos, mesas de maderas finas, hamacas, roperos con ropa de todos los tamaños, un horno de piedra... En fin: todo lo necesario para que la familia Feliz viviera el resto de su vida haciéndole honor a su apellido.

La alegría de todos era inmensa. Los padres agradecieron una y otra vez al señor Águila el regalo que les había hecho y se despidieron de él entre risas y lágrimas que se les escapaban sin querer. Las cámaras de los fotógrafos no dejaron en ningún momento de enfocar sus rostros conmovidos.

—Y recuerden —les dijo Juan Domingo antes de despedirse—: cada año, el 31 de diciembre, están invitados a comer conmigo. Todos mis ahijados y sus padres van en esa fecha al banquete que doy en mi casa. No se les olvide, es muy importante que asistan.

Y en efecto, ninguna de las afortunadas familias dejaba de asistir. Los banquetes eran en grande. Además de los platillos especiales que cada año preparaban los cocineros de Juan

Domingo, había frutas exóticas que traía de distintas partes del mundo, bebidas que él mismo inventaba y nuevos regalos para cada quien. Un grupo de música amenizaba la reunión y al final se rompían varias de sus piñatas reutilizables, de las que caían más dulces y juguetes. Cuando llegaba a faltar alguno de los invitados, cosa que no era muy frecuente, Juan Domingo se molestaba mucho.

Abrazó con gusto a los padres de Lunes y se despidió de ellos entre grandes y generosas carcajadas, que siguieron resonando en la isla por varios días.

Apenas se quedaron solos, Fortunato y Estrella se pusieron a bailar con su hijo entre brazos. En cuanto se quedó dormido, lo acostaron en su nueva cuna y se dispusieron a cenar algunos de los manjares que había en el refrigerador y en la alacena. Más noche, después de abrazarse otra vez y de bailar más piezas, se fueron a dormir en una cama tan suavecita que casi soñaba por ellos, acunados por el eco de las risas del señor Águila.

A la mañana siguiente, en cuanto recorrieron una buena parte de la isla, creyeron que aún estaban soñando, ya que el lugar no podía ser más fantástico. La casa estaba llena de pequeñas sorpresas: el baño tenía su propia fábrica de jabones, en todas partes se podía elegir qué música escuchar, había una salita de cine en la que se proyectaban las películas que sus dueños quisieran, un pequeño robot ordeñaba las vacas por la mañana y hacía la limpieza del establo. Es más, ¡las gallinas ponían huevos con tres yemas!

Dos días después, Fortunato se despertó un tanto preocupado. Entre sueños se había preguntado qué harían cuando quisieran ir a tierra firme, especialmente a las comidas de fin de año en casa del señor Águila. Él no había visto ninguna lancha.

Esa misma mañana decidió comprobarlo. Luego de recorrer las costas de la isla salió de dudas: en una de ellas se encontró con un flamante yate. Don Juan Domingo había pensado en todo. "El 31 de diciembre estaremos en la cena que da a sus ahijados", pensó Fortunato, y echó a andar la embarcación. Sin embargo, luego de darle varias vueltas a la isla durante ese día y los siguientes, la gasolina se terminó. Por más que buscó un depósito de combustible, no encontró nada. "Supongo que el señor Águila nos mandará algún día más gasolina."

El trompo de los vientos

Hasta los once años, Lunes Feliz llevó una vida acorde con el significado de su apellido. Todos los días acompañaba a su padre a recoger frutas y verduras, a alimentar a las gallinas y los pollos y a pescar. A su madre también la ayudaba a cocinar pasteles, a preparar aguas de fruta y a mantener la casa en orden. Además, Lunes pasaba horas y horas en la alberca y el parque de juegos, nadaba en el mar, buscaba conchas y caracoles, montaba a caballo, atrapaba insectos para su colección, molestaba a los cangrejos y construía barquitos de madera. Por las noches, la familia se reunía alrededor de la chimenea para escuchar los divertidos cuentos de terror que contaba el jefe de la familia.

Por las tardes, Estrella le enseñaba a su hijo las cosas que había aprendido en la escuela y juntos se ponían a leer algunos de los libros que estaban en la biblioteca de la casa. Entonces le contaba una y otra vez acerca del maravilloso día en el que había nacido y recordaba con gusto las grandes risas con las que el señor Juan Domingo los recibió en su casa.

Como nunca llegó la gasolina que esperaba para volver a usar el yate, con la ayuda de su hijo, Fortunato Feliz se las ingenió para construir una balsa. Sin embargo, no se decidió a utilizarla para viajar a tierra firme y asistir a los banquetes de fin de año que el señor Águila daba a todos sus ahijados. Salvo ese detalle, que a veces lo preocupaba, podría decirse que la vida de la familia en la isla era maravillosa y tranquila...

Pero no todo podía ir tan bien. Un buen día, casualmente el primer día del primer mes del año, cuando iban a celebrarle a Lunes su décimo segundo aniversario, un terrible acontecimiento modificó sus vidas.

Primero llegaron los vientos, tan fuertes que desprendieron casi todas las frutas que colgaban de los árboles. El estruendo era tal que entre ellos tenían que hablarse a gritos. Luego el mar empezó a agitarse: las olas rompían con furia contra las rocas y la playa y amenazaban con inundarlo todo. En poco tiempo la isla estaba rodeada por altas paredes de agua. Parecía que era la punta de un trompo que no cesaba de girar sobre sí mismo. No había la menor duda: se trataba de un inmenso y potente huracán.

Fortunato Feliz llamó a su esposa y a su hijo a la habitación principal y les dijo tan alto como pudo:

—Algo raro está sucediendo, ¿no creen?

—¡Sí —gritó Estrella—, todas las frutas de los árboles están volando!

—¡Y las gallinas!

—¡Y los peces!

—¡Sí —dijo también Lunes—, si no me agarro bien el viento me tira al suelo!

En ese momento se escuchó un estruendo mayor: un árbol de toronjas fue arrancado de raíz por el viento y se estrelló contra la puerta de la entrada. Los tres estaban llenos de miedo: nunca habían vivido algo semejante. Al poco rato dejaron de oír el silbido del viento.

—¡Saldré a ver qué ha pasado! —dijo Fortunato, la verdad muy asustado.

—¡Te acompaño! —pidió Estrella, también muerta de miedo—. Tú quédate aquí —se dirigió a su hijo—; es peligroso que salgas con estas cosas tan raras que están sucediendo.

Lunes vio cómo sus padres, con mucho trabajo, abrieron la puerta que daba al traspatio y salieron de la casa. En cuanto estuvieron afuera, el viento azotó con fuerza la puerta. Pasaron unos minutos y de pronto el cielo se oscureció aún más; parecía que se había hecho de noche a media mañana. En vez del sonido furioso de los vientos, se escuchó un escándalo mayor. Lunes se asomó por una de las ventanas y alcanzó a ver que una nube inmensa de pájaros cubría la isla completa. Casi media hora transcurrió desde que la parvada llegó hasta que volvió la calma y el Sol iluminó nuevamente la isla.

Aún asustado, Lunes esperó a que sus papás volvieran. Sin embargo, con el pasar de los minutos y luego de las horas, el sueño se apoderó de él y se quedó dormido abajo de la mesa del comedor. Al despertar, al día siguiente, no se escuchaba nada. Creyó que todo aquel ruido no había sido otra cosa que una pesadilla. Sin estar del todo seguro acerca de qué había pasado el día anterior, se puso a buscar a sus papás, pero sus gritos se perdieron en el silencio que reinaba en todas partes sin obtener ninguna respuesta.

Al salir de la casa lo esperaba una sorpresa mayor: la isla estaba hecha un desastre. Muchos árboles se habían caído, ya sólo quedaban unos cuantos pollos y gallinas en el corral, los caballos corrían asustados de un lado al otro, el parque de juegos estaba cubierto de ramas y piedras, el jardín parecía un pantano y a la casa le faltaban, partes del techo, dos paredes y la escalera. La vajilla se había estrellado contra el piso, los libros de la biblioteca estaban regados a lo largo de la casa y los muebles estaban en desorden.

Lunes recorrió todas las playas, subió a una roca desde la que podía verse la isla completa, bajó a las cuevas y gritó, gritó y gritó sin que escuchara a cambio ni siquiera el canto de los pájaros. Exhausto y asustado, se quedó dormido esa noche en la casa del árbol, que extrañamente había sido de las pocas cosas que la furia del huracán respetó.

Al día siguiente, comió unas cuantas frutas que encontró tiradas en la huerta y siguió buscando a sus papás. Cuando ya estaba convencido de que el huracán o los pájaros se los había llevado a quién sabe dónde, se sentó en un árbol derribado y se puso a pensar.

Dos niños

Lunes estaba triste, muy triste. El silencio que reinaba en la isla era como para darle miedo a cualquiera. Sentía unas ganas enormes de llorar y pedir auxilio. Sin un padre con quién platicar y divertirse, sin una madre que lo invitara a hacer pasteles y con una casa en ruinas, su vida en la isla no tenía mucho sentido. Hasta ese entonces no conocía lo que significaba estar solo y extrañar a alguien.

A sus doce años, lo que sabía del mundo lo aprendió de sus papás, de los libros y de lo que él mismo experimentó en la isla. Toda su vida la había vivido allí. Sus padres le prometieron que algún día irían a tierra firme para que jugara con más niños, para ir a la escuela y para asistir a alguno de los banquetes anuales que su padrino, el señor Águila, ofrecía a sus ahijados. Sin embargo, nunca lo hicieron. Además, la balsa que Fortunato y él habían construido no era que digamos muy confiable; cuando mucho, servía para darle vueltas a la isla y salir a pescar.

Después de dos días de no saber qué hacer, Lunes decidió echar la balsa al agua e ir en busca de la única persona en el mundo que podría ayudarlo a encontrar a sus papás: el señor Juan Domingo Águila. En un saco puso un cambio de ropa, tres frutas, una botella llena de agua y un retrato de sus padres el día de su boda. Cogió un sombrero de palma y empujó la frágil embarcación mar adentro.

Al principio se movía muy lentamente, pero luego, conforme se alejaba de la isla, la balsa remontaba las olas y se columpiaba cada vez más. Sin embargo, pasaban las horas y a pesar de que remaba y remaba no parecía avanzar mucho. De pronto, aturdido por tanto sol, algo lo puso en alerta: sintió que no estaba solo. Aunque tardó un rato en saber de qué se trataba, al fin lo descubrió: era un tiburón que paseaba su aleta cerca de él. Ya su papá le había platicado sobre ese tipo de peligros del mar. Lo único que se le ocurrió fue echar al agua un erizo que había viajado con él prendido a uno de los maderos de la embarcación. Envolvió su mano con la camisa, tomó al animal y lo lanzó al agua. Al parecer su idea tuvo éxito porque el tiburón desapareció unos segundos después. "Seguramente —pensó Lunes—, debe estar en el fondo del mar tratando de quitarse las espinas de la garganta."

Pasaron las horas, quién sabe cuántas. Durante todo el trayecto, como si quisieran acompañarlo o mostrarle el camino, una guacamaya y un tucán volaban un rato y otro descansaban sobre la misma balsa. Cuando ya resentía los efectos del intenso sol, la frágil embarcación tocó tierra. Todo el cuerpo le temblaba y le ardía la piel. Alcanzó como pudo la playa, se terminó lo que sobraba en la botella de agua y no tardó en quedarse profundamente dormido junto a una palmera que le ofrecía un poco de sombra amigable. La guacamaya tomó con el pico las pertenencias que había olvidado en la balsa y las dejó a su lado.

Al despertar, descubrió que había cuatro ojos clavados en él. Se incorporó al momento y no pudo articular palabra alguna. Era tal su asombro de ver a otras personas distintas a sus papás y, además, de su mismo tamaño, que se quedó mudo de la emoción.

—Me llamo Lunes —dijo en cuanto pudo recuperar el habla.

—¿Lunes? —preguntó sorprendido uno de los niños—. Si te llamas Lunes yo me llamo Martes.

—Y yo Miércoles.

—¡Niños!

—¿Qué querías? ¿Changos?

—¿Pájaros?

—¿Duendes?

—Nunca había visto a otros niños.

—¿Te llamas Lunes y es la primera vez en tu vida que ves a otros niños?

—Y además de todo quieres que te creamos.

—Mis papás me dijeron que me llamo así porque nací un lunes.

—Yo nací en febrero y no me pusieron Febrero —se burló Martes.

—Nací el primer minuto del primer día, que era lunes, del primer mes de hace doce años.

Entonces, en vez de seguirse burlando, los dos niños se miraron entre sí. Sabían bien lo que significaba ser el primer niño que nace cada año: ser ahijado del famosísimo señor Águila.

—Si eso es cierto —aseguró el que dijo llamarse Martes— tendrías que ser ahijado del señor Águila. ¿Cómo es posible que estés aquí hecho una ruina?

—Si eso es cierto —lo respaldó Miércoles—, deberías estar viviendo en un castillo o algo por el estilo. El señor Juan Domingo les habría dado muchos regalos a tus papás.

—¡Claro! —se emocionó Lunes—. ¿Han oído hablar del señor Águila?

—Por supuesto, tonto, ¿quién no ha oído hablar de él?

—Pues como yo fui el primer niño que nació ese año, a mis papás les regaló una casa en una isla, con jardines y árboles y juguetes y todo lo que se puedan imaginar...

—Yo no le creo —le dijo Martes a Miércoles.

—Yo tampoco —le dijo Miércoles a Martes.

—De verdad, créanme. ¿Ven aquel puntito que se ve a lo lejos? —estiró Lunes la mano.

—¿Cuál puntito? Yo no veo nada.

—Es la isla en la que vivía con mis papás.

—¿Y qué pasó? ¿Por qué no sigues allí si dices que tienes tantos jardines y juguetes? Yo de loco la dejaba.

—El viento se llevó a mis papás —dijo con los ojos llorosos— y destruyó casi toda la casa y el corral y los árboles... Y luego pasó por allí una gran nube de pájaros —una lágrima se asomó en el rostro de Lunes y cayó hasta la barbilla. De la bolsa que había llevado consigo extrajo el retrato de sus papás y se lo mostró a sus incrédulos interlocutores.

—¡El huracán! —admitió Miércoles.

—¡La parvada! —repitió Martes—. ¿Y cómo le hiciste para llegar hasta aquí?

—En esa balsa. Yo le ayudé a mi papá a construirla. La eché al agua y solita me trajo hasta esta playa. Necesito que me ayuden a buscar al señor Águila. Estoy seguro de que él puede decirme cómo los puedo encontrar.

Lunes, Martes y Miércoles

Después de un buen rato, Martes y Miércoles escucharon la historia completa de Lunes y terminaron por creerle todo. Luego contaron ellos las suyas.

—Podemos ir a mi casa —propuso Martes mientras caminaban hacia el pueblo— para que mi mamá nos ayude a buscar al señor Águila. Yo creo que a ella no le va a importar decirnos cómo encontrarlo en cuanto se entere de quién eres... Es más, en su vida ha visto a alguien tan importante. De seguro le va a encantar conocerte. Ya verás que así podremos encontrar a tus papás.

Martes tenía trece años y era el hijo único de la señora Malandina, a la que todos los habitantes del pueblo, llamado Caimán, evitaban porque no era muy gentil y porque su aspecto daba miedo: su mirada era horrorosa, tenía pocos dientes en la boca y muchos pelos en la cabeza, el bigote y la barba. Medía un poco menos que su hijo y las uñas de sus pies eran largas y sucias. Martes creció sin padre, sin familia y sin vecinos, ya que su casa estaba en las afueras del pueblo. Miércoles era, además

de su mejor amigo, el único niño que conocía su secreto: había
nacido con dos ombligos, uno al lado del otro, con diez centí-
metros de separación. Desde el día de su nacimiento, la noticia
del "defecto" del bebé pasó de boca en boca y al poco tiempo nadie más quiso acercarse a Malandina y su criatura. Unos
decían que estaba embrujado y otros que el muchacho había

nacido dos veces. A partir de que cumplió los cinco años, su mamá lo obligó a usar un parche que ocultara su desperfecto. Además del doble ombligo, otra seña particular de Martes era su abundante y desordenada cabellera.

Los tres llegaron contentos a su casa, seguros de que la señora se sorprendería con la historia de Lunes. Sin embargo, no fue así:

—¿Dónde estabas, mugroso moco de perro, lagartija infecta, demonio de escuincle? —y prendió a su hijo de una oreja hasta que, a punto de llorar, respondió:

—Es que... es que... nos encontramos con éste —y señaló a Lunes—: él es uno de los ahijados del señor Águila.

—¡Conque un ahijado del señor Águila! —vociferó la mamá llena de furia y mostrando la boca desdentada—. ¿A quién crees que vas a tomarle el pelo, insecto asqueroso? ¿Piensas que yo me voy a tragar que esta sucia cucaracha es un ahijado del señor Águila?

—De verdad, de verdad —lloraba Martes—, pregúntale tú.

—Yo no pienso preguntarle nada a esta sanguijuela de pantano. Yo sólo doy órdenes. Así es que te vas de inmediato a quitarles las tripas a los pescados que traje. Y ustedes —amenazó a Lunes y a Miércoles—, repugnantes reptiles, lárguense a su casa y dejen que mi hijo cumpla con sus deberes antes de que me los coma vivos. ¿Entendieron, ratas mugrientas?

Lunes y Miércoles, temerosos de que la señora cumpliera sus palabras y les clavara los colmillos, corrieron a todo lo que sus pies les daban hasta que se encontraron lejos de allí.

—Podemos intentar en mi casa —dijo Miércoles—. Si mi papá no está borracho, de seguro que él nos podrá ayudar a encontrar al señor Águila. Sólo que antes tendremos que cargar un poco de leña y subirla al burro. Si llego sin haber trabajado se me arma en grande...

—Yo soy bueno para partir leña —aseguró Lunes—. Siempre le ayudaba a mi papá.

Miércoles, al igual que su mejor amigo, era huérfano. Cuando cumplió siete años, un evento modificó la vida de su familia. Resulta que un gran barco pesquero llegó a Caimán. Tenía la bandera de un país que nadie había visto nunca. Bajaron de él algunos hombres que derrocharon su dinero con tal de estar de fiesta durante cinco noches, al cabo de las cuales desaparecieron, junto con once mujeres del pueblo; una de ellas, su mamá. Luego, un año después, su padre perdió en una apuesta la lancha con la que salía a pescar todos los días. A partir de entonces dejó de importarle la vida, y por lo tanto su hijo.

Aunque Miércoles vivía en la misma casa con su papá, casi siempre se la pasaba con algunos parientes que le daban de comer y lo protegían. Era tan delgado que la gente que más estaba en contacto con él se sorprendía siempre de su flacura, como si no lo hubiera visto el día anterior. Algo tenía su organismo que, por más que comiera en grandes cantidades, su peso no variaba. Aunque estaba en los huesos, era un muchacho lleno de energía. Tenía catorce años.

Sin decir más, Miércoles se puso a chiflar y le mostró el camino a su nuevo amigo. En menos de dos horas habían logrado cargar al burro de leña suficiente como para uno o dos días. Después de tomar un poco de agua en el manantial, caminaron a lo largo de una vereda hasta que llegaron a la calle en la que estaba su casa.

Encontraron a su padre acostado en una hamaca. Le gritó a su hijo:

—¿Dónde habías estado? Te he buscado toda la mañana...

—Fui por leña, papá, tú me lo pediste, ¿qué no te acuerdas?

—¿Y quién es éste?

—Es un ahijado del señor Águila, papá.

—¡Qué ahijado ni qué el demonio! ¡Déjate ya de estar inventando cosas y córrele a traerme otra botella como ésta si no quieres que te pegue hasta sacarte sangre!

—De verdad, señor, Miércoles le está diciendo la verdad...

—¡Qué Miércoles ni qué Miércoles! ¡Tu amigo está chiflado! Para mí que es un vago...

—Pero, papá, es que...

—Mira, si no me traes en este momento una botella te voy a dar una tunda de la que te vas a acordar toda tu vida. Así es que dile a tu amiguito que se largue y te deje cumplir con tus obli...

Lunes y Miércoles no dejaron que terminara la frase y se echaron a correr. Cuando ya estaban lejos del alcance de sus gritos, se sentaron en una roca a descansar.

—Lo que pasa es que mi papá es un borracho. Todo el tiempo quiere beber, beber y beber.

—No entiendo por qué tu papá no te cree, igual que la mamá de Martes. ¿Tu papá trabaja?

—La verdad es que hace mucho que no, sólo bebe, bebe y bebe... Ya no aguanto vivir con él. Me pega a cada rato y me pone a trabajar todo el día para que le compre sus botellas.

—Deberías dejarlo.

—¿Y dónde viviría? —se quejó amargamente Miércoles, pero después de pensarlo un rato tuvo una buena idea—: ¿Y si me voy contigo a tu isla?

—¿Cómo? Está casi destruida. Habría que hacer muchas cosas para poder vivir allí como antes.

—Por eso mismo... ¿Qué esperamos? Entre los dos podemos hacerlo, ¿o no? Yo sé algo de carpintería y...

—Antes necesito encontrar a mis papás. Sin ellos yo no vuelvo a la isla por nada del mundo, aunque tenga que pasarme toda la vida buscándolos.

El pacto

A la sombra de un árbol, con un mango en la mano, Lunes terminó por aceptar la propuesta que le hacía Miércoles: si lo ayudaba a encontrar a sus papás, él lo invitaría a cambio a vivir después con ellos en su isla. Era un trato justo que los dos sellaron con un apretón de manos.

Al mismo tiempo se les ocurrió que debían pasar a avisarle a Martes: quizás él también quisiera acompañarlos. Y como su mamá no era la señora más dulce y comprensiva del mundo, no sería difícil que aceptara.

Lo encontraron acarreando agua del pozo. A lo lejos se oía la voz de su mamá:

—¡No te tardes, sardina podrida, renacuajo pestilente! ¿Me oíste? ¡Si no te apuras, caca de perro, lombriz apestosa, te voy a encerrar toda la semana en el gallinero! ¿Me estás oyendo, cochinilla pútrida?

En cuanto le contaron el plan, en voz baja para no ser escuchados, Martes dejó en el suelo las cubetas que cargaba sobre los hombros y, francamente decidido, preguntó:

—¿A qué hora nos vamos? Yo no regreso a mi casa ni aunque se vuelva toda de chocolate.

Lunes, Martes y Miércoles chocaron las palmas de las manos e hicieron un pacto: encontrar a los papás de Lunes, aunque tuvieran que ir al otro extremo del mundo, para vivir luego con ellos en su isla.

A lo lejos alcanzaron a oír los gritos:

—¿Dónde estás, tarántula peluda? ¡Si no me traes pronto una cubeta de agua te voy a dejar sin comer toda la semana! ¿Me oíste, cangrejo agusanado, araña sin patas...?

Una vez hecho el pacto, la voz estruendosa y amenazante de la mamá de Martes se perdió muy pronto porque los tres echaron a correr como si los estuvieran persiguiendo.

—¿Y ahora qué hacemos? —preguntó Miércoles cuando llegaron a la carretera.

—Hay que ir a Groentalia y preguntar dónde vive el señor Águila. Yo supongo que todo el mundo debe saber cuál es su casa, ¿o no?

—Pero queda muy lejos —aseguró Martes—. A pie se hace como dos días..., o tres, ya no me acuerdo...

—Yo creo que más —corrigió Miércoles—. Mi papá se fue una vez y tardó como un mes en regresar...

—Lo mejor es hacer el viaje en camión. Mi abuela dice que es rapidísimo...

En lo que platicaban los sorprendió la llegada del camión, que se paró delante de ellos para bajar a un viejito.

—¿Van a subir? —les preguntó el conductor.

—Sí, sí —se apresuraron a contestar los tres al mismo tiempo.

De un brinco, Martes alcanzó el primer escalón. Y tras él, Lunes y Miércoles no lo pensaron mucho y siguieron el ejemplo de su compañero.

Cuando el chofer se dio cuenta de que los pasajeros se subían sin un adulto que los acompañara, les preguntó:

—¿Quién de ustedes me va a pagar?

Los tres niños se vieron a los ojos y se quedaron mudos.

—Él es ahijado del señor Juan Domingo Águila —presumió Martes—. Cuando lleguemos a la ciudad y lo encontremos le vamos a pagar.

—Sí —confirmó Miércoles muy seguro de sí mismo—, le vamos a pagar hasta el último centavo.

—Niños —les dijo el conductor tratando de ser paciente—. No me gustan mucho las bromas. Si se van a subir me pagan ahora mismo, y si no, se bajan. Así de simple. Y por lo que veo, más les vale que se vayan bajando porque tengo prisa. ¡Ahijado del señor Águila! Mejor invéntense otra historia.

—Es verdad lo que le estamos diciendo. ¡Se lo puedo jurar! Hasta le vamos a pagar de más...

—Si no se bajan ustedes solos, los voy a echar yo por la fuerza.

—¿Y si cantamos y juntamos así el dinero? —le propuso Martes.

Pero el chofer no alcanzó a escucharlo y se levantó de su asiento con toda la intención de cumplir con lo dicho.

Entonces, como salida del cielo, se levantó una señora y le dijo al conductor que si los niños no sacaban lo del pasaje cantando, ella misma pondría de su dinero el resto.

El tipo la miró, alzó los hombros y aceptó el trato.

Los niños le agradecieron y, ante el asombro de ella y de los demás pasajeros, Martes y Miércoles se pusieron a cantar a todo lo que daban sus pulmones durante casi media hora.

La ciudad

Martes y Miércoles cantaron todo su repertorio, que ya habían practicado en otras en ocasiones en Caimán para juntar dinero, y recibieron algunas monedas a cambio, hasta que varios pasajeros se quejaron y les pidieron silencio. Ciertamente la señora tuvo que poner un poco de dinero para completar los pasajes, pero el esfuerzo que hicieron terminó por conmoverla y los compensó además con una amplia sonrisa.

Lunes no salía de su asombro. Apenas unas horas antes había llegado en la balsa y ya estaba subido en un camión con rumbo a la ciudad. Escuchaba las canciones de sus nuevos amigos, veía a los pasajeros con curiosidad, revisaba el camión y miraba a través de la ventanilla como si todo fuera un sueño. Un señor de lentes oscuros se sintió incómodo con la insistencia de su mirada:

—¿Qué me ves? —le preguntó con enojo.

Lunes se asustó y pidió una disculpa.

El viaje de Caimán a Groentalia duró poco más de dos horas y media, ya que el camión hacía paradas a cada rato y avanzaba muy lentamente por el mal estado del camino. Los tres niños le agradecieron su ayuda a la señora y salieron llenos de ánimo hacia las calles de la ciudad. Antes de despedirse, ella les dijo:

—Será mejor que se busquen otra historia. Eso de que eres ahijado del señor Águila nadie se los va a creer. Mejor dedíquense a cantar, no lo hacen tan mal.

—Es la pura verdad... —empezó a decir Miércoles, pero Martes le puso la mano en la boca en señal de que ella tenía toda la razón: ¿quién les iba a creer que Lunes, un niño sucio y con la ropa deshilachada, era uno de los ahijados de Juan Domingo Águila?

Como era de esperarse, los tres amigos se encontraron de pronto solos en la calle, sin saber adónde ir, aturdidos por la cantidad de gente y de coches y con un hoyo en el estómago.

—Tengo un hambre en la panza que ya no aguanto —dijo Martes.

—Yo también estoy con el estómago que me canta —se sumó Miércoles—. Se me antoja una sopa caliente.

—Un arroz con pulpo...

—Un ceviche...

—Más nos vale que no nos andemos con antojos porque no tenemos dinero ni hemos encontrado todavía al señor Águila.

—Pues hay que preguntar dónde vive, vamos a buscarlo, comemos en su casa algo rico y le pedimos que nos ayude a encontrar a tus papás.

—Una sopa de pescado...

—La verdad es que yo ya no me aguanto el hambre —volvió a quejarse Miércoles—. Lo más seguro es que tardemos horas en encontrarlo. ¿Qué tal si cantamos un ratito y juntamos dinero para comprar algo de comer?

Lunes y Martes se miraron, se llevaron la mano al estómago y, antes de que aceptaran su propuesta, escucharon que Miércoles empezaba a cantar. Sin decirse nada, los otros dos se pusieron a extender la mano hacia aquellos que salían de la estación de camiones en busca de monedas que compensaran el buen volumen y el sentimiento con el que cantaba su amigo.

Al cabo de una hora juntaron el dinero suficiente como para comprarse algo. En un puesto callejero, cada quien comió un plato de arroz con plátano y un vaso de agua de limón. Al final les alcanzó para un chocolate que dividieron en tres partes.

Al terminar, prosiguieron con su plan. Las primeras personas a las que les preguntaron por la dirección de Juan Domingo Águila ni siquiera les contestaron. Después de mucho batallar, un viejito, que al parecer era el único que no tenía prisa, estacionó su bastón y les dijo:

—¿Ven esa casa rosada que está hasta arriba, en la colina? —levantó el brazo para señalar—. Ésa es la casa de don Juan Domingo Águila. Cuentan que es un palacio hecho con columnas de oro puro. Yo, la mera verdad, no lo creo. Imagínense cuánto costaría hacer una casa de ese tamaño con las columnas de oro. No, eso es imposible. A mí que no me vengan con cuentos. La gente se la pasa inventando cosas. Lo que sí puedo asegurarles es que si quieren verlo va a ser bastante difícil. Que yo sepa, casi nadie lo ha visto en persona, así, frente a frente. Claro, menos sus ahijados y...

Mientras el viejito seguía hablando y hablando sin parar, los tres amigos miraban fijamente hacia la cima de la colina. Agradecieron la valiosa información y echaron a andar, cuesta arriba, hacia la casa de Juan Domingo Águila.

Estaban emocionados porque sabían que su primera meta —encontrar al padrino de Lunes— se encontraba bastante cerca. Sin embargo, el cansancio del viaje y la cantada, las ilusiones de Lunes por encontrar a sus padres y las de Martes y Miércoles por vivir pronto en la isla con su nuevo amigo, hicieron que los tres iniciaran el viaje hacia la empinada colina sin hablar, metido cada uno en sus propios pensamientos.

Pasaron al lado del famoso parque de diversiones de Cristalina y del acuario de Gelasio y vieron los rieles por los que corría el ferrocarril de Arnulfo. Martes les dijo a sus compañeros que él había visto por televisión esos regalos que el señor Águila les había hecho hace muchos años a sus tres ahijados.

Aunque conocía muchas cosas de la ciudad por fotografías e ilustraciones de libros y por lo que sus papás le habían platicado,

Lunes no dejaba de sorprenderse ante lo que sus ojos estaban viendo: los automóviles, los semáforos, los edificios, la gente que iba de un lado al otro con prisa, las estatuas, los olores, el ruido... Le llamó especialmente la atención el aparador de una tienda de ropa. Se quedó mirándolo fijamente durante un rato. Al poco tiempo, sus compañeros cayeron en la cuenta de por qué estaba tan impresionado con la vitrina. Le explicaron que las personas que estaban allí no eran de verdad, sino unos maniquíes.

Al cabo de otras dos horas, cuando el Sol estaba a punto de ocultarse, Lunes, Martes y Miércoles alcanzaron la cima y se encontraron frente a frente con las rejas que separaban la casa del señor Águila del resto de la ciudad. Era cierto que no parecía un palacio hecho con oro, pero sí que se veía gigantesco. El guardia que custodiaba la entrada les preguntó:

—¿Se puede saber qué buscan?

—Queremos ver al señor Águila —dijo Martes.

—¡No me digan!

—Yo soy su ahijado —se apresuró a añadir Lunes.

—Conque tú eres uno de sus ahijados, ¿eh? De seguro naciste un primero de enero —se burló el guardia.

—¡Claro que nací el primero de enero!

—¿En el primer segundo del primer minuto? —se volvió a burlar.

—Claro que sí. Me llamo Lunes Feliz y soy ahijado de Juan

Domingo Águila. Necesito verlo porque tengo un problema.

—Lo que le dice mi amigo —aseguró Miércoles—, es la pura verdad. Tiene que creernos.

—Bueno, supongamos que les creo. El señor Juan Domingo Águila trabaja todos los días, de la mañana a la noche, del primer día al último de cada mes. Sólo se da tiempo los fines de año para dar un banquete a sus ahijados y los días uno y dos de enero para darle su premio al primer niño que nace...

—Que nace cada año...

—Yo lo he intentado muchas veces, pero mis hijos han nacido en diciembre o el cinco, el ocho, el diez y el veintiuno de enero. Con decirles que tengo once hijos y todavía no consigo atinarle a que uno nazca en el momento justo. Y mi esposa ya no quiere seguir intentando.

—Pero yo sí fui el primer niño... Hace doce años... Se lo juro.

—Ya otras veces han llegado aquí niños que me dicen exactamente lo mismo... Es un truco que a cualquiera se le puede ocurrir. Así que, aunque todo lo que me dijeran fuera cierto, no podría ayudarlos porque don Juan Domingo trabaja, trabaja y trabaja. Nadie en todo el mundo podría verlo así porque sí. Con decirles que yo lo veo muy de vez en cuando, y eso que aquí vivo. Por cierto, si de pura casualidad me viera platicando con ustedes se pondría furioso conmigo. Todos saben que es una de las personas más generosas del mundo y que sus regalos son fantásticos, pero lo que nadie sabe es que cuando se enoja es de dar miedo.

—Es que usted no comprende. Nos urge verlo porque tenemos que encontrar a los papás de Lunes...

—Se los llevó el huracán.

—Y los pájaros.

—¿El huracán? ¿Se refieren al tremendo huracán que pasó por aquí? Nunca en mi vida había visto algo como eso. Si lo que quieren preguntarle al señor Águila es adónde se fue el huracán, yo mismo puedo ayudarlos: al cielo... y si se llevó a tus papás, pues allá deben estar, convertidos en ángeles. En cuanto a la parvada de aves negras que se vio después del huracán, seguramente sigue viajando a otra parte —levantó los ojos y cerró la puerta.

¿A dónde van los huracanes?

La bajada de la colina fue también silenciosa: Lunes, Martes y Miércoles pensaban en las palabras del vigilante, en el viaje del huracán al cielo, en el señor Águila, en la isla abandonada y destruida y en los papás de Lunes.

Además, otro problema se les venía encima: la noche había caído sobre Groentalia y ellos no tenían dónde dormir ni cobijas con qué cubrirse. Cuando estaban ya en las faldas de la colina, Lunes descubrió una cueva.

—Allí podemos dormir.

—Hace mucho frío —se quejó Martes.

—Podríamos hacer un colchón con las hojas de los árboles. Yo lo hice una vez que acompañé a mi abuelo al bosque.

Sin ninguna idea más convincente, los tres amigos terminaron por aceptar que no tenían otra opción mejor que ésa. Se metieron en la cueva, juntaron hojas secas y se hicieron una cama bien acolchonada. En menos de quince minutos cayeron profundamente dormidos. Ni los murciélagos que cruzaban a cada rato por allí lograron despertarlos.

Cuando los primeros rayos del Sol invadieron de pronto la cueva, un hombre los despertó.

—Anden niños, levántense, aquí está lleno de alimañas. Les puede picar un escorpión o chuparles la sangre un murciélago.

Como empujados por un resorte, los tres pegaron un brinco al instante. Ya de pie, terminaron de bostezar y desperezarse y se sacudieron las hojas secas que se les habían adherido a las ropas. Tenían los pelos parados y los ojos rojos.

—¿A quién se le ocurre dormir en una cueva como ésta? ¿No tienen dónde dormir?

—No, señor —respondió Lunes—. Estamos buscando a mis papás... Se los llevó el huracán.

—¡El huracán! ¡Nunca había visto en toda mi vida un huracán tan furioso como el último que pasó por Groentalia! Arrancó muchos árboles, se llevó los postes de la luz y los automóviles... Puso a volar a mi gallo y a todas mis gallinas. Eran ocho o nueve, ya ni me acuerdo.

—Mi isla quedó totalmente destruida.

—Él vive en una isla —se apresuró a decir Martes— que le regaló el señor Juan Domingo Águila.

—Es su ahijado —añadió Miércoles.

—¿Tú eres ahijado del señor Águila? —se dirigió el hombre a Lunes—. ¡Un ahijado del señor Águila ante mis ojos! Eso sí que es fantástico. Nunca me hubiera imaginado que yo...

—¿De verdad nos cree?

—¿Por qué no iba a creerles?

—Todos piensan que estamos mintiendo. Ya fuimos con el guardia de su mansión y le dijimos que...

—Bueno, la verdad, si quieren que les dé mi opinión —el hombre miró a Lunes con más detenimiento—; si les soy sincero no parece un ahijado del señor Águila. Cuando salen en la televisión, en los banquetes de fin de año, se les ve muy elegantes y bien vestiditos y, la verdad, tú... —se dirigió a Lunes.

—¿Y cómo iba a estar? —se quejó—. El huracán destruyó la isla y se llevó a mis papás. O a lo mejor fueron los pájaros. ¿Usted sabe dónde puedo encontrarlos?

—Bueno, bueno, así como estar seguro, pues no. Una señora que vive allá, cerca del hospital, doña Engracia, me dijo que el huracán se había ido..., se había ido a..., ¿a dónde me dijo que se había ido? —y se llevó la mano a la frente—. Ya no me acuerdo, pero ella sí que lo sabe. Es una mujer muy sabia. También sabe a dónde se fueron todos esos pájaros que pasaron por Groentalia.

—¿Nos podría llevar con ella? —se apresuró a preguntar Lunes.

—Claro, por qué no... Pero antes tengo que cumplir con un encargo. Precisamente ella, doña Engracia, me pidió que le llenara este saco con sortoriscos. ¿Conocen los sortoriscos? —y como los niños no contestaron, el hombre prosiguió—: Los sortoriscos son unos gusanos aplanados, como de este tamaño —y extendió sus dedos pulgar e índice todo lo que pudo—, de color gris o café y con unas rayas anaranjadas a lo largo de su cuerpo. Por esta parte del monte hay muchos. Lo mejor es tomarlos con guantes, porque si lo hacen con la mano, el sortorisco se les queda pegado y es muy difícil desprenderlo de los dedos.

—¿Y para qué quiere la señora un saco lleno de gusanos pegajosos?

—Eso sí que no lo sé. Ella es una gran dama. Muy sabia. Tan sabia que muchísimas personas de Groentalia van con ella para que las ayude a curarse de enfermedades o a resolver sus problemas de trabajo. Ustedes pregunten por doña Engracia y verán que todo mundo la conoce.

—¿Es una bruja? —preguntó Martes.

—¿Una bruja? Si me lo preguntas por los sortoriscos, no. Lo que sucede es que ella hace remedios; o sea, algo así como medicinas, y usa plantas y animales para hacerlas.

—Nosotros podemos ayudarle a buscar los gusanos —intervino Miércoles—. En el pueblo donde yo vivía me la pasaba agarrando cangrejos.

—Y en la isla yo juntaba todo tipo de insectos.

Sin esperar una respuesta, con un grito de entusiasmo los tres niños se internaron con él, cuesta arriba, en el bosque de la colina. El hombre, que dijo llamarse Ángelo, les mostró el primer sortorisco que encontró a su paso, lo tomó con la mano enguantada y lo echó al saco.

—Ustedes búsquenlos debajo de las piedras y avísenme para que yo los agarre. Como verán, sólo tengo un guante. No se les vaya a ocurrir tocarlos con la mano. Por nada del mundo.

Al cabo de tres horas llenaron el saco con los gusanos. Se sentaron los cuatro debajo de un árbol frondoso y se pusieron a descansar. El hombre compartió con ellos la comida que llevaba: un poco de pan, una lata de sardinas en aceite y agua. Al terminar, contentos por tener algo en el estómago, aunque fuera poco, y expectantes por la información que les esperaba abajo, descendieron la colina cantando.

Lunes había escuchado ya tantas veces las canciones que cantaban sus amigos que terminó por aprendérselas y se unió a ellos.

Cuando llegaron a la casa de la señora Engracia, el hombre le contó lo que los niños le habían platicado y le pidió que los ayudara.

La señora, a la que Ángelo llamaba sabia, los miró a los tres de pies a cabeza. Se trataba de una mujer anciana: tenía la piel arrugada y seca, el pelo totalmente blanco y las uñas afiladas. Sin embargo, por el brillo de sus ojos y su voz suave y delicada, daba la impresión de ser mucho más joven.

Los recibió en lo que ellos suponían que era la cocina. Las paredes estaban llenas de repisas con frascos que contenían líquidos y materias poco reconocibles y de varios colores. Había un fuego encendido, y sobre él una cacerola de la que salía un humito anaranjado. Todo olía a una mezcla de vainilla con carne. El suelo era de tierra. En un rincón dormía una especie de cerdo o jabalí que roncaba sin importarle que hubiera visitas.

—Conque tú eres uno de los ahijados del señor Águila.

—Lunes, me llamo Lunes.

—Y quieres ir con tus amiguitos al lugar en donde murió el huracán o al que fueron los pájaros, ¿verdad? —los miró de pies a cabeza.

—Sí, allí deben estar mis papás.

—Eso es algo imposible. Lo que deben hacer es olvidarse del asunto e irse a la isla de la que hablan. Si tus papás están vivos —se dirigió a Lunes—, tarde o temprano van a regresar. No debes preocuparte...

—Le digo que si no es con ellos, por nada del mundo vuelvo a la isla. Tengo que encontrarlos —y una lágrima se asomó por sus ojos.

—Mira, niño... ¿cómo me dijiste que te llamabas?

—Lunes, Lunes Feliz...

—Se ve de lejos que eres un jovencito que no se da por vencido. Mira, Lunes, el huracán y la parvada se fueron a un lugar muy peligroso al que muchos hombres fuertes y armados han tratado de ir y del que nunca vuelven. Es un lugar que está

reservado a las bestias y a una gran cantidad de seres que nadie ha visto y que nadie debe ver. Yo creo que es justo que ellos tengan dónde vivir sin que los hombres los estén fastidiando, ¿comprendes?

—¿Qué lugar es ése?

—La selva, muchacho, la Selva de los Cuatro Vientos, la que empieza atrás de la colina, justo a espaldas de la casa del señor Águila. Allí se metió el huracán con ganas de arrastrar y destruir a su paso todo lo que se encontrara. Pero la furia de la selva fue mayor y lo dominó. Como les digo, es algo imposible: nadie sale vivo de la Selva de los Cuatro Vientos. Ni los huracanes ni los tornados. Supongo que tampoco los pájaros que cubrieron el cielo ese día. Y mucho menos las personas que se atreven a meterse en ella.

—Pero... —trató de decir algo Lunes.

—Es todo lo que puedo decirles: olvídense del asunto, regresen a su isla y esperen... Y por lo pronto, largo de aquí, que me están haciendo perder mucho tiempo. Tengo que ir a recoger unos cuantos escorpiones de Durango y un sapo muy especial, llamado bufo marinus, que me trajeron especialmente de Brasil.

—¿Y para qué quiere los sapos y los gusanos y los escorpiones? —preguntó Martes, que seguía pensando que todo aquello era brujería.

—Para hacer remedios.

—¿Remedios para qué?

—Para todo, niño. Para enfermedades, piquetes de animales ponzoñosos, dolores de cabeza, soplos en el corazón, piel de gallina... Si tienes algún problema muy fuerte, las pócimas que hago con esos animales y con otras cosas te ayudan a resolverlo. Esto quiere decir que mis remedios sirven para ponerte la mente en claro, para que sepas cómo actuar. Mucha gente de Groentalia y de otros lados los usan.

—¿Me puede vender uno? —dijo Lunes.

Martes volteó a ver a Miércoles y luego a Ángelo: ¿cómo era posible que su nuevo amigo le dijera a doña Engracia que quería comprarle el remedio? ¿De dónde pensaba sacar el dinero?

—¡Niño! Esto es algo serio. Sirve sólo para ayudar a resolver problemas graves.

—¿Como ir a la Selva de los Cuatro Vientos?

—Te he dicho que te olvides del asunto. Ese lugar no es para los seres humanos, y menos si son unos niños. Regrésate a tu isla o ponte a trabajar o haz cualquier otra cosa menos pensar en meterte a la selva. Y si crees en algo, reza por tus papás, que seguramente ya deben estar muertos.

Rifles, flechas, cuchillos

Antes de salir de nuevo a la calle, Ángelo les recordó que la señora Engracia era una persona sabia y que había que hacer caso de sus palabras.

—No se vayan a meter a la selva.

Martes y Miércoles no se atrevían a mirar a su compañero. Sabían que estaría triste después de haber escuchado las palabras de la señora. Sin embargo, Lunes no parecía estar muy afectado.

Llegaron a una pequeña plaza en la que había una estatua de un hombre con una pistola en la mano. Tomaron asiento en una banca que se desocupó en ese momento.

—¡Listo! Ya sabemos a dónde tenemos que ir. No importa si tenemos el remedio o no.

—Por cierto, ¿con qué dinero pensabas comprarle el remedio?

—Se me ocurrió que le podríamos dar a cambio otro saco de gusanos pegajosos.

—No era mala idea. Pero por lo que veo no escuchaste bien lo que nos dijo la señora. La selva es muy peligrosa, nadie sale vivo de allí.

—Pues yo sí me voy a meter hasta encontrar a mis papás. Les aseguro que los voy a traer de regreso. No creo que estén muertos, como dijo ella.

—Pero la selva está llena de fieras. Hay serpientes y perros salvajes y gatos monteses así de grandes —Miércoles extendió los brazos.

—Es cierto, un tío mío me contó que en los ríos de la selva hay pirañas que pueden comerse a una vaca entera en menos de cinco minutos.

—Las vacas no nadan en lo ríos.

—Y también hay cocodrilos y tarántulas venenosas y leopardos y abejas asesinas y unos pájaros más grandes que nosotros.

—Pues les digo que yo sí pienso meterme en la selva a buscar a mis papás. Estoy decidido. Si ustedes no quieren acompañarme, no lo hagan.

—Mira, Lunes, ya sabemos que eres muy valiente, pero una cosa es un cuento de aventuras y otra cosa es la selva de verdad.

Por más descripciones horrorosas que Martes y Miércoles hicieron para asustar a su amigo, él seguía firme con su propósito: encontrar a sus padres. Estaban tan metidos en sus discusiones, que no se dieron cuenta de que los escuchaban atentamente dos niñas que alargaban las orejas con tal de oír la conversación. En cuanto hubo un silencio, se acercaron a ellos.

—Chamacos, ¿piensan ir a la Selva de los Cuatro Vientos? —preguntó la más alta.

—Sí —respondió Lunes—, al menos yo sí pienso ir.

—¿Podríamos ir contigo? —se unió la que tenía una diadema roja—. Yo le he pedido a mi papá que me lleve, pero según él la selva no es para los niños.

—¿No me digas que tu papá ha ido a la selva? —preguntó Martes desconfiado.

—Sí. Él es fotógrafo. Trabaja para una revista de viajes. Tiene muchas fotografías de animales: changos, iguanas, pájaros de colores, mariposas, hormigas del tamaño de mi mano... Una vez llegó con una piel de serpiente, ¿o no es cierto? —le preguntó a su amiga.

—¿Entonces no es verdad que los que se meten a la Selva de los Cuatro Vientos nunca salen vivos?

—¿Quién te dijo eso? Claro que no, tonto. Y si no me crees, te llevamos con mi papá. Los que no salen vivos son los que no se preparan. O sea: hay que llevar armas por si te ataca una bestia, usar botas, tener agua para el camino, ponerse repelente de insectos. Si vas bien preparado no te pasa nada. Además siempre lo acompañan cuatro o cinco amigos que conocen muy bien la selva.

Lunes, Martes y Miércoles les contaron toda su historia a las dos niñas: desde el regalo de Juan Domingo Águila, la llegada del huracán a la isla y el paso de la parvada, hasta su encuentro en la playa, las horas de cantar para conseguir algunas monedas, la recolección de sortoriscos con Ángelo, su plática con la señora Engracia y la decisión que tenía Lunes de meterse en la selva.

En cuanto les dijeron sus nombres, las dos niñas se rieron, pero terminaron por aceptar que, si querían unirse al grupo, tendrían que cambiar de nombre:

—Pido ser Jueves —dijo la más alta.

—Yo seré Viernes —añadió la de la diadema roja.

Jueves tenía trece años. Le gustaba teñirse el pelo de morado y vestirse de una manera muy peculiar: a veces usaba pinzas para colgar la ropa como adornos en las mangas de su blusa,

una cuerda podía hacer las veces de cinturón, se ponía un tenis rojo y el otro verde y se pintaba sólo las uñas de los meñiques. Siempre había algo diferente en su apariencia. Una vez se presentó en la escuela con una corona de reina en la cabeza, una especie de chaleco antibalas, bermudas estampadas con motivos tropicales, rodilleras, pantuflas y lentes oscuros. La regresaron a su casa. Sus papás eran vendedores de seguros y viajaban con frecuencia por los poblados cercanos a Groentalia. Por ello, muchas veces Jueves se quedaba sola en su casa, con todo el tiempo para imaginar nuevas maneras de vestirse y arreglarse.

Viernes, que no se quitaba nunca la diadema roja que le había regalado su abuela, tenía doce años y le gustaba vestirse de futbolista. Su papá, además de ser fotógrafo, era aficionado del equipo las Gallaretas de Groentalia. Ambos, padre e hija, no se perdían ningún partido que se jugara en el estadio local y algunas veces viajaban con la porra a otras sedes. Si su equipo ganaba, lo celebraban durante varios días. Y si perdía, era mejor no acercarse a ellos porque su mal humor duraba más de una semana. Su mamá prefería la acción: todas las mañanas corría dos horas y cada que había en la ciudad una carrera de diez mil metros participaba. Tenía tres medallas de oro.

Después de hablar y discutir una hora más, los cinco convinieron en lanzarse juntos a la aventura de ir a la Selva de los Cuatro Vientos. Lo harían al día siguiente, en la madrugada.

Antes, tendrían que comer y conseguir dónde dormir. Jueves se propuso resolver lo primero:

—Se nota, chamacos, que no han comido casi nada. Especialmente tú —se dirigió a Miércoles—. Mi casa está muy cerca de aquí. Voy a conseguirles algo de comer.

—La verdad, yo siento que me voy a desmayar del hambre —dijo Miércoles, al tiempo que se escucharon los ruidos que hacía su estómago.

—Nos vemos dentro de un rato en la entrada al parque de Cristalina. Mi amiga los va a llevar allí. Ya verán, chamacos, les voy a conseguir algo que les va a gustar.

Y en efecto, casi media hora más tarde Jueves llegó al lugar acordado con dos bolsas que contenían galletas, jugos de frutas, un panqué, tres manzanas, dos plátanos y una bolsa de papas fritas. Como pasó por su casa, aprovechó para ponerse un sombrero de mago y un suéter de color amarillo eléctrico. De Lunes a Miércoles devoraron todo en menos de quince minutos. Daba la impresión de que tenían días sin probar bocado.

Al terminar de comer se pusieron a hacer planes.

—Puedo llevar un arco con flechas —aseguró Jueves—. Me lo regalaron mis abuelos de cumpleaños. ¿Qué dicen, chamacos?

—Yo sé cómo usarlo —dijo Martes—, mi tío me dejaba tirar al blanco con su arco.

—También podríamos hacer resorteras —propuso Lunes—, mi papá me enseñó a hacerlas. Claro, habría que conseguir las ligas y las horquetas.

—Pues yo podría llevar un rifle —aseguró Viernes.

—¿Un rifle? ¡Estás loca!

—Claro que sí; les aseguro que para mañana yo llevo el rifle de municiones que me regalaron mis papás. Además, sé muy bien cómo usarlo. Cuando voy a la feria siempre gano premios en el tiro al blanco.

—Una cosa son las ferias y otra la selva.

—Y cuchillos, también hay que llevar cuchillos. ¿Alguna de ustedes puede conseguirlos?

—Claro, ya había pensado en eso, chamacos. Voy a tomar prestado uno de los cuchillos con los que cocina mi mamá. Al cabo que ni cuenta se va a dar.

Los preparativos se prolongaron durante varias horas hasta que la noche se les vino encima. Lo siguiente que hicieron fue resolver dónde dormirían Lunes, Martes y Miércoles. Viernes propuso llevarlos a su casa.

—Hay un cuarto en el que se guardan la podadora y las herramientas de mi papá. Está retirado de la casa. Si no hacemos ruido ni encendemos la luz, nadie se dará cuenta de que están allí. Hay espacio suficiente para que duerman los tres.

—¿Y ustedes?

—Nosotras nos quedamos a dormir en el cuarto de la chamaca.

—Y mañana temprano los despertamos y todo listo.

—Jueves —dijo Miércoles—, ¿te puedo hacer una pregunta? ¿Por qué a todos nos dices chamacos?

—Si no te gusta, te puedo decir muchachuelo o mocoso. ¿Qué tal escuincle? ¿O prefieres pimpollo? Si te dijera flaco o esqueleto no tendría chiste. La verdad es que tienen cara de chamacos. Eso es todo.

Entre boas y hormigas

Viernes hizo pasar a sus nuevos amigos a su casa, que en ese momento estaba vacía. Les señaló una pared tapizada con algunas fotografías que su padre tomó en la selva y les mostró la piel de serpiente y las medallas de oro obtenidas por su mamá en las carreras. Antes de llevarlos al cuarto del que les había platicado, les pidió que la ayudaran a cargar una colchoneta, dos sacos de dormir y dos cobijas. Aunque un poco apretados, los cinco podrían compartir el lugar.

—Traten de no hacer ruido para que no nos vayan a descubrir. No deben tardar mucho en llegar mis papás.

Viernes los dejó un rato para ir a juntar algunas de las cosas que llevarían: una cantimplora y dos botellas grandes de agua, unos binoculares, una cuerda, una lámpara de mano, unas tijeras y una pequeña cámara fotográfica. Luego empacó su rifle, dos mochilas, un tubo de repelente de insectos y también unas botas y unos tenis para sus compañeros. Más tarde llegó Jueves con otras tantas cosas que podrían serles de utilidad en la selva y con una bolsa llena de víveres. Estaba vestida como una verdadera exploradora: con botas pesadas, el pantalón con estampado de camuflaje, el chaleco lleno de bolsillos y una gorra de cazador. En el cinturón llevaba una navaja, un cuchillo y un estuche de lentes. Además, se pintó la cara con rayas rojas y negras.

—¿Qué les parece, chamacos?

Los cinco, de Lunes a Viernes, platicaron en voz baja y a la luz de una linterna acerca de lo que imaginaban que era la selva. Cada quien tenía una visión distinta. Para unos se acercaba a lo que habían visto en películas o leído en libros, y para otros lo que habían escuchado de voz de algunas personas o soñado. Todos coincidían en algunas cosas: la selva estaba llena de animales y plantas extraños que sólo habían visto en zoológicos y libros. Acordaron que a las diez apagarían la linterna y se quedarían en silencio para dormir.

Al día siguiente, en cuanto sonó el despertador que Jueves programó en su reloj de mano a las cinco y media, salieron con mucho cuidado de no ser oídos, bien provistos de todo lo que llevarían consigo. Cada uno mordía una barra de avena con miel.

El Sol aún no salía en Groentalia y la mañana era húmeda y oscura. Los semáforos parpadeaban, unos en amarillo y otros en rojo. De vez en cuando pasaba algún coche. Al frente de los cinco iba Viernes, que dijo conocer un camino más corto para llegar a las faldas de la colina. Cruzaban una avenida cuando una patrulla se les acercó.

—¿Se puede saber qué están haciendo fuera de sus casas?

—Vamos a la sel… —dijo Lunes, pero fue interrumpido por Jueves.

—Vamos a una fiesta de disfraces.

—¿A esta hora?

—Las mejores fiestas de disfraces se hacen en la madrugada, eso todo el mundo lo sabe.

El policía los miró un rato más sin creer en lo que le habían respondido y, sin decir palabra, arrancó la patrulla.

Cuando pasaron cerca de la casa de la señora Engracia y vieron una luz encendida, Lunes les pidió que lo esperaran, que haría un último intento por conseguir el remedio del que ella les había platicado.

En cuanto la señora abrió la puerta y vio al niño adivinó cuál era el motivo de su presencia.

—Por lo que veo, no te das por vencido. Ya te dije que la selva no es para los seres humanos y menos para los niños. Supongo que no me vas a hacer caso, ¿verdad? Sólo porque me caíste muy bien te voy a dar un frasquito con el remedio. Ya verás después cómo me lo pagas.

Engracia desapareció unos momentos y regresó sin mucha prisa. Con un guante extrajo cuatro sortoriscos vivos del saco que le había llevado Ángelo y los puso sobre una vasija. Se quitó el guante, tomó una piedra negra que había sobre una repisa y se dedicó a molerlos hasta que quedaron hechos una especie de puré baboso de color anaranjado. Luego le escupió a ese revoltijo varias veces y le echó dos gotas de un líquido rojo y otras dos de uno transparente.

—Es sangre de camaleón y agua de lluvia recolectada el día de San Juan.

Al final, recogió la mezcla con una cuchara y con la ayuda de un pequeño embudo la vació en un frasquito.

—En la Selva de los Cuatro Vientos vive una diminuta araña de color amarillo canario con un punto azul en la panza, conocida como Ojo del sol. De vez en cuando se deja ver alguna por estos rumbos. Yo me he encontrado con dos en toda mi vida. Por eso la conozco. Es tan llamativa que muy difícilmente la confundirían con otra. Pero, ¡cuidado!, no se acerquen por nada del mundo a ella: su veneno es tan mortal que si no le inyectan un antídoto a la víctima del piquete de seguro muere en menos de una hora.

La señora Engracia tomó una cajita en la que había una jeringa.

—Supongo que no sabes inyectar, ¿verdad? Escúchame bien: llenas el tubo de la jeringa con el contenido del frasco, sacas el aire que se haya quedado dentro, clavas la aguja en esta parte —señaló el brazo—, sin miedo, y suavemente introduces el líquido, ¿entendido?

—Sí, sí… Muchas gracias.

Le dio una naranja, otra jeringa y un poco de agua y le pidió que practicara frente a ella.

—Lo hiciste bien, te felicito.

Lunes se reunió con sus compañeros y les mostró el frasquito y la jeringa. Les contó acerca de la araña Ojo del sol y de la inyección que hay que ponerle a quien le pique una. Todos miraron con temor la cajita que les mostró Lunes. Como quedaron convencidos de que la señora Engracia era una sabia, no dudaron que la inyección podría ayudarlos en cualquier momento. Jueves aseguró que sus papás iban con ella cuando alguien en su familia estaba enfermo.

Al llegar a la cima, al pie de la puerta de entrada de la mansión de Juan Domingo Águila, el guardia volvió a sorprender a los niños.

—¿No me digan que se encontraron con otros ahijados del señor Juan Domingo?

—No, no —respondió Lunes—. Pero en cuanto él se entere de que no me dejó verlo y de la mentira que...

—¿La mentira? ¿Cuál mentira?

—Nos dijo que el huracán se había ido al cielo, ¿o no es cierto?

—Sí, eso dije.

—Pues para que lo sepa, se fue a la selva, al igual que todos esos pájaros. La señora Engracia nos lo dijo.

—Y allí vamos. A rescatar a los papás de Lunes de las pirañas que se pueden tragar de un solo bocado a una vaca.

—¡Están verdaderamente locos si piensan meterse en la Selva de los Cuatro Vientos! Ningún niño puede salir vivo de allí. Dejen de hacerse los tarzanes y piensen bien lo que hacen. Según me han dicho, hasta los cazadores que tienen más experiencia temen entrar en la selva. Una vez traté de bajar para saber si era cierto lo que decían y me tuve que regresar en cuanto escuché la voz de la selva. Es algo de dar miedo. Lo poco que logré ver regresa a mi cabeza muchas veces en mis peores pesadillas.

—Pues no le han contado la verdad. Hasta los fotógrafos pueden entrar para tomar sus fotos. Nosotros vamos a encontrar a los papás de Lunes.

—Así es que si no le importa, señor, tenemos mucha prisa.

En cuanto comprendió que los niños estaban decididos y que no podía hacer nada para persuadirlos, el guardia les dijo algo que ya había escuchado Lunes de boca de la señora Engracia.

—En la Selva de los Cuatro Vientos vive una diminuta araña de color amarillo canario con un punto azul en la panza...

—¿Se refiere a la Ojo del sol?

—¿Cómo lo supieron?

—Ya ve que sí sabemos lo que hay en la selva.

—Pues lo único que puedo decirles es que si les pica una de

74

esas arañas, despídanse de este mundo. Si no les dan un antídoto de inmediato, se mueren.

—¿Como éste? — Lunes mostró el frasco que le había dado la señora Engracia.

—Veo que ya van preparados. Un doctor que conozco me dijo que a un paciente suyo lo picó una y que apenas pudo salvarlo. Le contó que primero sintió mareos, luego se desmayó y finalmente empezó a engarrotársele todo el cuerpo. Por suerte tenía en su casa el antídoto. Ni la serpiente más venenosa hace lo que una Ojo del sol. Supongo que saben inyectar, ¿o me equivoco?

Los cinco se miraron entre sí y no respondieron nada.

—En unas horas nos va a ver de vuelta —dijo Martes.

—Sólo espero que no te pique a ti —dijo refiriéndose a Miércoles—. Estás tan flaco que no hay manera de meter la aguja en medio de tanto hueso.

Armados de valor y contentos, los cinco iniciaron el descenso. Al llegar justo al otro lado, en las faldas de la colina, la presencia de la selva se hizo evidente: la vegetación se fue cerrando poco a poco, el ruido de las aves, los changos y los insectos los obligó a que tuvieran que hablarse casi a gritos, la temperatura comenzó a subir, el sudor empezó a bajar por sus mejillas y sus axilas y el miedo se fue apoderando del grupo.

Al principio no sabían hacia dónde dirigirse, hasta que encontraron una vereda que seguramente alguien más había usado.

No hablaban entre sí y caminaban con mucha cautela, como si lo hicieran con los pies descalzos sobre un piso lleno de vidrios. Toda la seguridad con la que habían emprendido el viaje se quebró de pronto con el profundo olor de la selva, con la intensa humedad que les pegaba la ropa a los cuerpos, con el sonido ensordecedor del canto de los bichos y las bestias. Por la cantidad de árboles derribados que encontraron en su camino empezaron a creer en las palabras de la señora Engracia: el huracán había pasado por allí con toda su furia.

Caminaban en fila, uno detrás del otro. Cada uno llevaba un arma en la mano: Lunes, una resortera hecha con una horqueta de guayabo; Martes, el arco con las flechas en la espalda; Miércoles, un martillo y un hacha; Jueves, un cuchillo no muy afilado pero sí grande y brillante, además de la navaja que llevaba en el cinto, y Viernes, el rifle de municiones que le habían regalado sus papás.

De pronto un chango saltó de un árbol a otro y los puso en guardia. Se les quedó mirando fijamente, como si los cinco fueran unos animales extraños en un zoológico. Viernes se puso en guardia con el rifle, Martes hizo lo mismo con el arco y una flecha y Miércoles empuñó con fuerza el hacha. Al parecer, los niños aburrieron muy pronto al simio, que dejó de observarlos y desapareció entre las ramas del árbol. Pasado el susto, nadie se atrevió a reír o a decir palabra alguna. Siguieron caminando con pasos cautelosos.

Veinte minutos después, empezaron a notar que había menos árboles derribados y el camino estaba más poblado de vegetación. Eso era sin duda una señal de que el huracán había pasado por allí. Algo que también notaron era que una gran cantidad de plumas de ave formaba una alfombra negra en el piso.

Después de una hora de caminata silenciosa, de corazones dando tumbos y de mantener los ojos avispados, Jueves propuso que tomaran un descanso y que comieran algo de las provisiones que llevaban. Al pie de un árbol —cargado de unos frutos grandes como pelotas de futbol y amarillos como la yema de un huevo—, Viernes se sentó y sacó de la mochila manzanas y galletas que repartió entre todos. Martes pasó la cantimplora.

Hablaban en voz baja, un poco animados por la comida, como si alguien los fuera a sorprender desprevenidos en la peor travesura de sus vidas. Hasta que, a espaldas de Miércoles, algo empezó a deslizarse sobre la alfombra de plumas y hojas secas. Todos se quedaron inmóviles, helados, con la respiración contenida y los rostros casi transparentes. Parecía que rezaban. Sin embargo, la serpiente no se dignó siquiera a mirarlos: pasó frente a ellos, siguió, siguió y siguió... y no terminaba de pasar y remover con su peso las plumas y las hojas que cubrían el suelo. Se les hizo eterno el tiempo que transcurrió en lo que la boa, de casi diez metros de largo, les advertía que ya estaban metidos en las profundidades de la selva, en el universo de las bestias, la humedad, las hormigas y las termitas; en un mundo donde los hombres no son bien recibidos.

Sólo Viernes no se quedó paralizada: sacó la cámara fotográfica e hizo dos tomas: una a la boa que pasaba lentamente frente a ellos y la otra a los rostros impávidos de sus amigos.

Hombres, pájaros o ángeles

AL FIN TODOS RECUPERARON el habla y pudieron respirar profundamente. Aunque Viernes les aseguró que las boas no son venenosas y que no atacan nunca a las personas, los demás empezaron a creer eso de que nadie sale vivo de la Selva de los Cuatro Vientos.

—¿Y cómo sabes que no son venenosas? —preguntó Lunes.

—¿Qué no vas a la escuela como todos los chamacos? —apenas terminó de hacer la pregunta, Jueves se dio cuenta de que podía haber ofendido a su compañero—. Disculpa, no quise molestarte, sólo que ese tipo de cosas se aprenden en la escuela.

—Pues serás muy estudiosa —dijo Miércoles—, porque a mí, en Caimán, no me lo enseñaron.

—Las boas sólo comen animales que les caben en la boca. Y además se los comen enteritos. No los mastican, se los tragan.

—¡Qué asco!

Después de un rato más de camino, los cinco llegaron a un río.

—De seguro es el río de las pirañas —aseguró Jueves.

—¿Cómo sabes? —preguntó Miércoles.

—Si tuviéramos una vaca podríamos comprobarlo. Se la devorarían en menos de cinco minutos.

—¿De dónde vas a sacar una vaca?

—Dije que si la tuviéramos...

—No se ve que haya nada —dijo Viernes, mientras lanzaba una piedra al agua y buscaba el movimiento de peces con la vista.

Jueves y Martes se acercaron también, tomando mucha distancia de la orilla, como si pudieran caerse y ser devorados por las pirañas.

—¡Miren lo que hay aquí! —gritó Lunes y señaló la cabeza de un animal muerto.

—Es un jabalí.

—No, es una rata gigante.

—O un perro salvaje.

—Más bien parece un tapir.

—Es un chupacabras cruzado con iguana —se rio Martes.

—Si pueden comerse una vaca —habló Viernes al ver al animal—, no veo por qué no habrían de comerse una cabeza de tlacuache, chupacabras o lo que sea. ¿Por qué no la echamos al agua?

Entre Lunes y Miércoles tomaron la cabeza del animal, cada uno de una oreja, y la lanzaron lo más lejos que pudieron hacia el río. Y, en efecto, como si hubieran echado una pastilla efervescente, el agua empezó a burbujear como si hirviera y se llenó de peces rojos que, en unos cuantos minutos, devoraron el manjar que les regalaron.

El espectáculo de las pirañas los hizo retroceder, como si los peces pudieran saltar del agua en cualquier momento para atacarlos.

—Yo creo que estas pirañas se desayunan a la vaca en menos de un minuto, ¿no creen?

—¿Y ahora cómo vamos a cruzar el río?

—Tiene que haber un puente en algún lado —aseguró Viernes—. Mi papá me contó un día que cruzó el río de las pirañas, pero no me acuerdo cómo, de seguro por un puente.

—O quizás lo hizo en barco o en helicóptero —se burló Martes—. O lo cruzó a nado con una armadura.

—¿No puedes dejar de hacer chistes por un rato? —se quejó Miércoles.

Eligieron caminar en el sentido de la corriente. Al poco rato, cuando estaban en una parte más estrecha del río, a Viernes se le ocurrió que podrían arrastrar el tronco de un árbol para hacer un puente. Sin embargo, los troncos que había en los alrededores eran muy pequeños o demasiado pesados.

No se decidían acerca de qué hacer, cuando salieron de pronto a su encuentro unos veinte changos. Se pusieron de frente, como si fuera una banda de pandilleros que planeó una emboscada. La sorpresa, más los rostros amenazantes de los simios, que los veían fijamente y con la dentadura por delante, hizo que los cinco se quedaran paralizados. Cuando Viernes intentó tomar su rifle de municiones, el mono que estaba al frente lanzó un sonoro chillido. Luego de algunos instantes en los que parecían estar congelados, tres changos avanzaron con total seguridad, buscaron entre las pertenencias del grupo todo lo que fuera alimento y sin más desaparecieron.

Jueves fue la primera en romper el silencio:

—Para mí que estos chamacos gorilitas andaban con antojo.

—Yo creo que el chango que nos vio hace rato —dijo Martes— fue con el chisme de que teníamos galletas…

—El caso es que ya no tenemos provisiones.

Miércoles respiró con alivio:

—O sea: vámonos de regreso.

Pasado un momento, Lunes propuso que cruzaran el río ayudados por la cuerda que llevaban consigo.

—¡Como Tarzán!

—Yo creo que una cosa son los cuentos —empezó a decir Miércoles— y otra muy distinta la selva de verdad.

—Es muy fácil. En mi isla hay árboles que tienen lianas. Yo jugué muchas veces con mi papá a lanzarme de un lado al otro. Les aseguro que es fácil, ustedes también lo pueden hacer.

No hubo tiempo de que nadie se opusiera. Lunes se trepó con mucha seguridad y destreza a un árbol, amarró la cuerda que habían llevado consigo a una de sus ramas más gruesas y con mucha decisión se agarró fuertemente de la punta, se columpió varias veces y se lanzó al fin hacia la otra ribera del río. Si bien su caída no fue como la de un gimnasta olímpico ni como la de un trapecista de circo, llegó a la orilla opuesta sano y salvo.

—¡Tarzán! —gritó Martes con sorpresa y entusiasmo.

Al ver la facilidad con la que Lunes se lanzó, los demás se armaron de valor y cruzaron, uno a uno, el río. Al final, amarraron bien la punta de la cuerda a una rama para poderla usar a su regreso.

—Nos la cuidan bien —les dijo Martes a las pirañas.

Como aún se podían seguir las huellas del huracán, los cinco caminaron hacia donde se veía que los vientos habían derribado árboles y arrastrado grandes piedras. Se toparon con algunos animales muertos que ninguno reconoció con certeza. Al poco rato, la tierra que tenían bajo sus pies se fue amasando de poco en poco hasta que de plano se hizo lodo y luego pantano. Ya no hablaban. Ninguno se veía lo suficientemente seguro de haber tomado la decisión correcta al cruzar el río y adentrarse más en la selva. Por el contrario: los temores se hacían cada vez más perceptibles. El propio Lunes

estaba lleno de dudas. No sabía si continuar con la búsqueda o regresar a Groentalia.

Sus cabezas eran un mar de pesadillas: imaginaban que se topaban con leones y tigres, que las serpientes los rodeaban, que llovían del cielo tarántulas y escorpiones, que los changos volvían a amenazarlos y, lo peor, que encontrarían a los padres de su amigo muertos, tal y como había dicho la señora Engracia.

El mayor de los miedos que se puede tener es el miedo a lo desconocido. Y a pesar de que ellos habían visto muchos libros y de que creían saber mucho acerca de animales peligrosos y plantas carnívoras, la realidad era muy distinta. Nunca hubieran imaginado que la selva tuviera esos olores tan intensos, esos sonidos a la vez sutiles y estruendosos, esa cantidad de ojos que parecían observarlos desde el cielo, la tierra y las plantas.

Cada quien iba metido en sus propios pensamientos, hasta que algo los hizo reaccionar: comenzaron a escuchar unos ruidos extraños, entre silbidos y voces musicales. Aunque ya se habían acostumbrado a la cantidad de sonidos que emitían los animales de la selva, éstos les parecieron más raros e inquietantes. Con curiosidad, aunque también con temor, avanzaron lenta y silenciosamente hacia el lugar de donde provenía el ruido.

Al cabo de unos minutos llegaron a una pequeña aldea en la que había unas veinte casas construidas con ramas y hojas. Ocultos tras la hierba, los cinco pudieron ver también a varios hombres, mujeres y niños que hacían una rueda alrededor de un anciano de barbas blancas y largas. Les extrañó que se comunicaran entre sí con una especie de silbidos muy musicales, parecidos a canciones cantadas en lenguas desconocidas. Pero lo más extraordinario de esas personas era que todas tenían un par de alas pegadas en la espalda.

Se miraron entre sí sin creer en lo que sus ojos estaban viendo. En voz baja, Lunes les dijo:

—Estoy totalmente seguro de que mis papás están aquí. Casi puedo olerlos.

—Pues si eso es verdad, puedo jurarte que no deben estarse divirtiendo mucho. Estos hombres disfrazados de pájaros o ángeles no parecen estar bien de la cabeza.

Hace mucho tiempo

Hace más de cien años, la Selva de los Cuatro Vientos no había sido pisada por ningún ser humano. La vida de los animales y las plantas se regía con las leyes propias de la naturaleza y las estaciones del año llevaban y traían consigo tormentas, vientos, temperaturas extremas, humedad y sequía.

En ese entonces se fundó Groentalia, gracias a que varias familias cruzaron un feroz desierto, que casi los mata, en busca de mejores condiciones de vida. Luego de peregrinar casi un año llegaron a una colina con vegetación abundante y decidieron que vivirían allí para siempre. Construyeron sus casas, labraron la tierra, criaron aves de corral, borregos y vacas y abrieron la primera escuela para que sus hijos se educaran.

Al poco tiempo, algunos pobladores decidieron internarse en la selva que estaba pegada a la colina para recoger los frutos que daban sus árboles y para cazar otro tipo de animales que pudieran servirles de alimento. Y así lo hicieron por casi cincuenta años.

A pesar de que en Groentalia estaban acostumbrados a que los fenómenos naturales los castigaran de vez en cuando con huracanes, huracáns, tormentas tropicales, desbordamientos del río y granizadas devastadoras, hubo una vez en la que uno de ellos dejó marcada para siempre a la población. Se trató de un gigantesco huracán que llegó del mar, recorrió el valle de más de cien kilómetros, cruzó con fuerza destructora por el pueblo y se internó en la Selva de los Cuatro Vientos para quedarse allí atrapado.

Después de varios meses que les llevó reconstruir las casas que fueron destruidas, un grupo de cuatro hombres y mujeres se internó en la selva para seguir buscando frutos y cazando animales y para conocer el lugar en el que había muerto el huracán. Pasó una semana sin que se volvieran a tener noticias suyas. Otro grupo de seis pobladores, bien armados con flechas y escopetas, se propuso ir a buscarlos. Eran los hombres y mujeres más preparados y fuertes del lugar. Una mañana se metieron a la selva y nunca más se volvió a saber de ellos.

Aunque todos se preguntaban día a día acerca del paradero de esos hombres y mujeres valerosos y lloraban por su ausencia, nadie más volvió a intentar meterse a la Selva de los Cuatro Vientos en los siguientes treinta años, tiempo de prosperidad en el que Groentalia pasó de ser un pueblo a ser una ciudad.

De boca en boca empezaron a divulgarse varias leyendas. Una aseguraba que el huracán había sido un envío del diablo para castigar a los groentalianos por saquear la vida de la selva.

Otra más decía que los dos grupos de pobladores que se habían internado, descubrieron allí un río que contenía en su lecho grandes cantidades de oro y que se mudaron a otros lugares para venderlo y hacerse ricos. Muchas historias, una más descabellada que la otra, se hicieron oír en Groentalia para todos aquellos que quisieran escucharlas. Lo único cierto fue que la selva se había tragado las dos expediciones que habían intentado penetrar en ella después del tremendo huracán.

Sin embargo, lo que sucedió en el corazón mismo de la Selva de los Cuatro Vientos fue algo muy distinto. El primer grupo de hombres y mujeres que llegó se internó tanto que no volvió a encontrar el camino de regreso. Conforme más avanzaban, más desaparecían las huellas que podían llevarlos de vuelta al lugar en el que habían iniciado el viaje. Cuando querían volver sobre sus propios pasos, la vegetación y los animales se encargaban de borrar todo aquello que pudiera darles una pista acerca de su punto de partida. Trataban de reconocer los lugares por los que habían pasado, y todo era en vano. Cansados de buscar la ruta que los regresara a Groentalia, construyeron dos casas con ramas y hojas, se pusieron a pescar en el río —el mismo

que Lunes y sus amigos recién habían cruzado—, a cazar víboras e iguanas y a recolectar unos frutos grandes como pelotas de futbol y amarillos como la yema de un huevo con los que hicieron pan. Al poco tiempo dejó de preocuparles el pasado e iniciaron allí una nueva vida.

Con el segundo grupo sucedió algo similar. Después de dos semanas de caminar sin rumbo, tampoco pudieron encontrar el camino por el que habían llegado y, desesperados al saberse perdidos, decidieron quedarse a vivir junto al río, a más de cincuenta kilómetros de los primeros expedicionarios.

Pasaron muchos años sin que los dos grupos tuvieran contacto. Hasta que finalmente sucedió algo extraordinario. Un buen día el cielo se oscureció a pleno sol de la mañana porque una gigantesca nube de pájaros llegó desde lo más lejano del océano. Al pasar por Groentalia, hizo que sus habitantes salieran a las calles y, tapándose las orejas para no enloquecer por el ruido ensordecedor de las millones de aves que hacían su propia noche, se pusieran a rezar porque creían que el juicio final ya estaba cerca. Al cabo de media hora, el ruido y la penumbra dejaron atrás la ciudad para internarse en la selva. Fue entonces cuando Juan

Domingo Águila llegó a Groentalia con el firme propósito de construir allí su casa y contribuir al desarrollo de la ciudad.

La gente seguía pensando que la inmensa parvada que los había cubierto era una señal de mal agüero. Algunas de las personas más conocedoras de esos asuntos dijeron que se trataba de una migración de aves que había desviado su rumbo y que, pasado el invierno, regresaría a su lugar de origen, seguramente en el norte del continente. Sin embargo, pasó ese invierno y la primavera y el verano y no se volvió a saber de los pájaros. Otros más creyeron que se trataba de un aviso en el que los ángeles advertían que nadie debía meterse en la selva. Lo cierto fue que durante mucho tiempo ninguna persona se atrevió siquiera a subir la colina para asomarse hacia el principio de la Selva de los Cuatro Vientos.

A los pocos meses de la llegada intempestiva de las aves, los dos grupos que habían partido de Groentalia tiempo atrás tuvieron contacto, gracias a que uno de los expedicionarios se topó con el campamento de los otros. Se reconocieron de inmediato, hicieron una gran fiesta por el encuentro y decidieron fundar una sola aldea. Tenían muchas cosas en común; entre otras, sabían que no podrían regresar nunca más a su lugar de origen porque la selva y las aves habían dejado en ellos una marca que los hacía distintos y temibles: ya no era hombres y mujeres comunes y corrientes.

La aldea

Lunes y sus amigos vieron cómo, de pronto, los seres alados dejaron sus extraños silbidos y se dispersaron. Algunos se metieron en las chozas, mientras que otros se dedicaron a avivar el fuego de las fogatas con más leña. Se veía que para la aldea era un día como cualquier otro. Los niños hicieron su propia reunión.

—Yo pienso que lo mejor será regresar, ¿no creen? —propuso Miércoles, que ya para entonces no podía ocultar su miedo.

—Primero rescatamos a los papás de Lunes y luego nos vamos. En eso habíamos quedado.

—¿De verdad crees que tus papás estén aquí?

—Estoy segurísimo. Deben de estar en alguna de esas casas.

—¿Cómo puedes estar tan seguro?

—Tan lo estoy que si no los encontramos aquí yo mismo les pediré que regresemos.

—Lo que es totalmente cierto —intervino Viernes—, es que si no nos apuramos nos va a caer la tarde encima.

—Entonces hay que darse prisa. Podemos dividirnos para buscar el lugar donde estos pájaros tienen escondidos a mis papás.

—No son pájaros... Es obvio que están disfrazados.

—Yo estoy de acuerdo, vamos a terminar con esto de una vez. Me muero de ganas de estar ya en la isla.

Según el plan que convinieron, cada uno tomó un rumbo distinto para poder abarcar la aldea con cinco pares de ojos. Sólo así podrían descubrir dónde tenían ocultos a los papás de Lunes, si es que de verdad se encontraban allí, apresados por los aldeanos alados. Quedaron en volverse a ver en el mismo punto —al pie de un árbol de flores rojas y frutos parecidos a las sandías— en aproximadamente media hora.

Jueves, con el cuchillo bien guardado bajo el cinturón, tuvo mucho cuidado al acercarse a una de las chozas. Cuando estuvo segura de que nadie la veía, se deslizó suavemente hasta una pila de troncos secos. Desde allí podía observar lo que pasaba frente a sus ojos sin ser descubierta por nadie. Vio a un anciano que hacía silbidos armónicos ante un grupo de niños. Le pareció que todos estaban felices, porque lo miraban fijamente y en silencio. Daba la impresión de que les estaba contando una historia. Más allá vio a una señora con la cabeza cubierta de mariposas de todos colores, como si fueran su pelo. Al lado de ella, un hombre alado le sacaba filo a la punta de una flecha con una piedra negra, mientras unos niños se lanzaban entre sí un pequeño cocodrilo. En esas estaba cuando alguien pegó un grito.

Viernes se trepó a un árbol y, con el rifle en una mano y los binoculares en la otra, se puso a observar los movimientos de los extraños pobladores de la aldea. Vio a unos hombres que se comían vivos unos insectos verdes que atrapaban al vuelo y a una mujer que limpiaba con mucho cuidado las plumas de un anciano de barba gris. Además, pudo comprobar que las alas que tenían no eran falsas, ya que vio a unos niños revolcarse en el lodo y echarse agua sin que se les cayeran. Más allá pudo distinguir, gracias a los binoculares, que había diez o doce changos tras unas rejas atados de manos y pies y amordazados para que no pudieran chillar. Una niña los molestaba con una vara. Allí estuvo un buen rato hasta que escuchó que alguien gritaba.

Miércoles, con el martillo fuertemente apretado en una mano y el hacha en la otra, siguió de cerca a dos niños pequeños que se apartaron de la aldea. Los vio sacar de la tierra grandes gusanos de color morado y llevárselos a la boca como si fueran chocolates. Luego vio que se subían a un árbol y se lanzaban al aire moviendo las alas a gran velocidad. Ninguno de ellos pudo levantar el vuelo. Aunque sus alas, como las de las gallinas, no les servían para volar, se divertían aventándose desde los árboles y haciendo travesuras con todo lo que encontraban a su paso: el más pequeño, con gran habilidad, tomó con un pie la cabeza de una serpiente, mientras el otro la agarraba por la cola. La movieron como cuerda para saltar hasta que se aburrieron de ella y la jalaron tanto que la partieron en dos. Iba a seguirlos en cuanto vio que corrían tras una iguana, pero entonces un grito lo detuvo.

Lunes, con la resortera en una mano y una bolsa llena de pequeñas piedras en la otra, llegó al extremo opuesto de la aldea para mirar, sin ser visto, cómo dos mujeres se repartían algo; un rato después supo de qué se trataba: eran las cuentas verdes y amarillas de un collar que no podía ser otro que el mismo que llevaba puesto su mamá el día en que el huracán arrasó con la isla. Las reconoció de inmediato. Apretó los dientes y los puños con fuerza. Y luego el miedo lo dejó paralizado. Por más que intentaba moverse, sus piernas y sus brazos no lo obedecían. Sabía que sus padres estaban muy cerca y que sus vidas de seguro peligraban en esa aldea. Sabía también que para rescatarlos tendrían que ser muy inteligentes y hacer todo con mucho cuidado, porque si no ellos mismos caerían atrapados por los pájaros humanos. El sudor le caía a gotas desde la frente. Sólo pudo moverse hasta el momento en que escuchó un grito de terror.

Martes, con el arco y las flechas a la espalda, había logrado llegar hasta una choza donde varios hombres alados discutían en su lenguaje de silbidos extraños. Los observó durante un rato hasta que uno de ellos abrió la puerta. Entonces pudo ver que adentro había un hombre y una mujer francamente asustados y que, a diferencia de los demás, no tenían alas en la espalda. Estaban en el piso, atados de manos y pies. En las paredes de la choza se podían ver varias cabezas de animales disecadas, como si fueran trofeos de caza.

No lo dudó ni un instante: tenían que ser los papás de Lunes. Su primer impulso fue poner una flecha en el arco para disparar contra los secuestradores, pero se contuvo al pensar que lo mejor sería darles aviso a sus compañeros. Iba a decidirse por lo segundo cuando notó que en la palma de su mano caminaba sin prisa un pequeño bicho amarillo. Su primera reacción fue intentar sacudírselo, pero se dio cuenta a tiempo de que se trataba de la araña Ojo del sol, de cuyo veneno les había advertido la señora Engracia y el cuidador de la casa del señor Águila. A la araña, en cambio, no pareció importarle demasiado estar parada sobre la mano de un niño guerrero. Más lleno de terror por el posible piquete de la jeringa que por la mordedura del bicho, Martes pegó un grito que pudo oírse a varios kilómetros a la redonda.

Su reacción intempestiva hizo que la araña se sintiera amenazada y le inyectara todo su veneno para defenderse. En cuanto supo que su grito había puesto en alerta a los habitantes de la aldea, corrió a esconderse detrás del tronco de un árbol. Sabía que tenía que darse prisa porque el veneno tardaría menos de una hora en matarlo, pero en cuanto empezó a sentirse mareado, volvió a gritar.

Al levantar la cabeza vio que dos hombres alados lo observaban con cara de pocos amigos.

¿Qué hacer?

Ante la llamada de auxilio que lanzó Martes después del grito y de la alarma general que cundió entre los habitantes de la aldea, los demás corrieron a reunirse en el lugar convenido. Todos llegaron agitados y con miedo.

—¿Qué sucedió?

—¡Yo qué sé! ¡Vámonos de aquí antes de que sea demasiado tarde!

—¿Y Martes? ¿Por qué no ha llegado?

—Yo creo que el grito fue de él —dijo Miércoles—, casi estoy seguro. Sólo alguien como él grita de esa manera.

—Ahora tendremos que rescatarlo también.

—Y les aseguro que no podemos tardarnos mucho. Podrían cocinarlo y comérselo.

—Chamaco, no digas tonterías —intervino Jueves, aunque también temía que los hombres alados fueran capaces de comer personas—, a las aves no les gusta comer carne humana.

—No son aves.

—Hay que hacer algo rápido para salvarlos —respondió Lunes—. Estoy convencido de que mis papás se encuentran entre las garras de estos pajarracos: vi cómo dos señoras se repartían un collar de mi mamá, estoy seguro que era el de ella.

—Además, lo más probable es que ya sepan que también nosotros estamos aquí. Martes les habrá tenido que decir que viene acompañado.

—O lo sospecharían.

—Podríamos regresar a la ciudad y pedir ayuda a la policía o al ejército.

—¿Piensas que nos van a creer que existe un lugar habitado por personas que tienen alas y que son secuestradores? De seguro dirían que les estamos haciendo una broma.

Después de un rato, a nadie se le ocurría un buen plan para hacer el rescate. Todos sentían miedo por los extraños habitantes de la aldea y creían que sus armas no eran lo suficientemente buenas como para hacerles frente.

—Ya sé —habló Miércoles—: ¿qué tal si nos hacemos unas alas y nos las pegamos para que nos confundan con unos de ellos? Por todas partes hay plumas regadas...

—¿Y luego qué...?

—Luego nos acercamos a la choza y liberamos a los papás de Lunes.

—¡Qué fácil! —se burló Jueves—. Como si tuviéramos tiempo de ponernos a hacer disfraces. ¡Eso es una chamacada!

—Nos descubrirían de inmediato —respondió también Viernes, un tanto asustada.

—Ni cuenta se van a dar, te lo prometo.

—¡Estás loco! Con eso sólo lograríamos que también nos atraparan a nosotros.

—Desde aquí yo los protejo —mostró Viernes su rifle—, no sean miedosos.

—¿Con tu rifle de municiones?

—Propongo que vayamos hacia el lugar al que fue Martes, que seguramente es el mismo en el que tienen presos a mis papás. Yo creo que está cerca de aquellos pájaros —y Lunes señaló hacia un grupo de aldeanos—. Podemos dar un rodeo para llegar. Allí decidiremos qué hacer.

Se miraron entre sí y asintieron. No era una mala idea poder observar más de cerca lo que realmente ocurría en la aldea. Sin decir otra cosa, se echaron a andar con el mayor cuidado del que eran capaces para no hacer ningún ruido ni levantar sospechas entre los pobladores de la aldea. Sabían que cualquier descuido los pondría en riesgo de ser descubiertos.

Tardaron casi quince minutos en dar el rodeo. Al llegar al sitio del que suponían había salido el grito de Martes, se escondieron detrás de unos arbustos llenos de espinas y se pusieron a observar con atención lo que sucedía alrededor de una de las chozas. Dos señoras platicaban en su idioma de silbidos.

—Ellas son las que tenían el collar de mi mamá.

—Shhh —se llevó el dedo a la boca Viernes—, nos pueden escuchar.

Más allá, dos hombres limpiaban unos cuchillos y unas tijeras mientras agitaban con fuerza sus alas. Otro más estaba parado delante de la puerta de la choza. Su boca era un pequeño pico amarillo y en vez de manos tenía unas garras con las uñas muy afiladas. Apartado de ellos, un anciano de barba larga y alas multicolores hacía sonar una campana.

Una guacamaya y un tucán estaban parados en el techo. Daba la impresión de que estaban platicando acerca de ellos.

Los hombres que limpiaban los cuchillos y las tijeras se acercaron de pronto a la puerta de la choza, que el vigilante abrió para que entraran y que cerró de inmediato. En ese momento, entre lo que se abría la puerta y se cerraba, salieron de la choza decenas de aves pequeñas. Apenas terminaron de salir, como si la escena hubiera sido alumbrada por un relámpago, Lunes pudo distinguir con claridad las siluetas de sus padres y de Martes. Estaban de pie en un rincón de la choza, atados de pies y manos.

—¿Los vieron? ¡Allí están! ¡Hay que rescatarlos ya!

—Esto no me gusta nada —dijo Miércoles con voz apenas audible—. Hay que pensar en algo, pronto.

—¿Alguien tiene una idea?

—Voy a tratar de asomarme por esa ventana —dijo Jueves muy segura de sí misma.

—¿Estás loca?

Ni siquiera respondió. Con mucho cuidado, dejó el escondite de arbustos espinosos y se dirigió con pasos lentos hacia la parte trasera de la choza. Sus tres compañeros estaban paralizados del susto. Al fin, a Viernes se le ocurrió lanzar una pequeña piedra para distraer al guardia que custodiaba la puerta mientras su amiga espiaba por la ventana. Al parecer dio resultado, ya que el hombre-pájaro dio unos pasos hacia el lugar en el que había caído la piedra. Jueves aprovechó el momento para llegar a la casa. Se quedó allí, en cuclillas, durante un rato que a todos les pareció eterno. Sin asomarse a la ventana, como era su objetivo, y con la misma cautela con la que había avanzado hasta allí, dio marcha atrás y volvió a reunirse con los demás. Estaba pálida y agitada.

—¿Qué pasó? ¿Por qué no te asomaste?

—Alcancé a escuchar que Martes trataba de explicarle a alguien que lo había picado una araña muy venenosa. Supongo que por eso gritó.

—¿La Ojo del sol?

—Urge que le pongamos la inyección.

—¿Cuánto tiempo dijo el guardia de la casa del señor Águila que tardaba en morirse?

—¿Una hora?

—Tenemos que alejar a los que están cerca de la choza para entrar a rescatar a mis papás y a Martes. Es la única manera.

—¿Cómo los vamos a alejar?

—Se me ocurre un plan —dijo Lunes—. ¿Se acuerdan de la fogata que está cerca de la última choza? ¿La primera que vimos al descubrir la aldea?

El rescate

Después de escuchar el plan y de ponerse de acuerdo para que no les fuera a fallar nada, Miércoles, Jueves y Viernes se dirigieron con mucho cuidado hacia el lugar de la fogata. Mientras ellos llegaban, Lunes se aseguró de estar bien escondido detrás de los arbustos de espinas. Desde esa posición podía observar lo que sucedía en la choza y en una parte de la aldea. Sabía que en cuanto tuviera una señal tendría que ponerse en acción.

Entonces, la guacamaya y el tucán que estaban posados sobre el techo se acercaron a él. Al principio Lunes trató de ahuyentarlos para no ser descubierto, pero las aves no hicieron la menor señal de que quisieran dejarlo solo.

Lunes se preguntó para qué habrían entrado a la choza los hombres-pájaro que tenían los cuchillos y las tijeras. Imaginó que se abalanzaban sobre los prisioneros y los mataban. Apretó con fuerza los puños y se concentró en la puerta que tenía de frente. En cuanto sus compañeros hicieran su parte del plan, los hombres-pájaro tendrían que salir de la choza, momento que él aprovecharía para entrar, desatar a sus padres y a Martes, ponerle la inyección y huir con ellos para encontrarse más tarde con el resto del grupo en el lugar convenido.

De pronto, escuchó claramente la voz de su padre y el corazón volvió a latirle con fuerza. No podía más con la situación, estaba dispuesto a no seguir con el plan, meterse a la choza y hacer el rescate con su resortera y una navaja que llevaba. Se sintió lleno de fuerzas. Estaba decidido. Sin embargo, apenas dio un paso hacia delante, la guacamaya y el tucán lo prendieron de la camisa y el pantalón y no lo dejaron avanzar. Fue entonces cuando Lunes se dio cuenta de que ya antes había visto a esas aves: eran las mismas que lo acompañaron en la balsa rumbo a tierra firme y también las que antes se aparecieron en la selva. Cuando lo soltaron, comprendió que le habían querido decir algo, seguramente que no se apresurara.

Pasaron otros minutos, que a Lunes le parecieron horas, hasta que llegó la señal que tanto esperaba: una mujer-pájaro empezó a mover velozmente sus alas y señaló hacia un extremo de la aldea: una choza estaba siendo consumida por las llamas. Luego de un breve silencio, el escándalo de los silbidos volvió y todos los aldeanos empezaron a correr hacia el lugar de donde salía el fuego. Al principio reinó el desorden. Nadie sabía qué hacer para apagar el incendio, sólo aleteaban frente a la casa en llamas sin darse cuenta de que entre más lo hacían más se avivaba el fuego. Hasta que a uno de ellos se le ocurrió hacer una cadena del río a la choza a través de la cual podían pasar baldes llenos de agua. Otro problema se unía al incendio: alguien había soltado a los changos que tenían encerrados en una jaula.

Tal y como lo pensaron, los hombres-pájaro que estaban con los prisioneros salieron de inmediato para ver por qué tanto alboroto y se unieron a los aldeanos que pretendían sofocar el fuego y recapturar a los changos. Ésa fue la señal para que Lunes se metiera a la choza. Sabía que no podía tardarse mucho, ya que en cualquier momento sospecharían que se trataba de algo planeado para rescatar a los prisioneros.

Sacó de la cangurera la cajita que contenía el antídoto y se armó de valor. Como el guardia corrió también a colaborar con quienes apagaban el incendio, Lunes pudo entrar a la choza sin mayor problema. Al verlo, la sorpresa de sus padres los hizo dar un brinco.

—¡Hijo! —gritó Estrella, y como si fuera a dar un segundo grito, Lunes se llevó rápidamente el dedo índice a la boca.

Antes de liberarlos, fue directo hacia Martes, que estaba tendido sobre el piso, con el cuerpo engarrotado.

—Dijo que lo picó una araña venenosa.

—Yo creo que se está muriendo.

Lunes tomó un poquito del líquido con la aguja, tal y como lo había hecho con la señora Engracia, le quitó el aire y la introdujo en el brazo de Martes, que al sentir el piquete pegó un grito. Con la navaja, Lunes cortó las cuerdas con las que estaban atados y les indicó el camino a seguir para encontrarse con los otros.

—En cuanto estemos a salvo, les platico cómo llegamos aquí.

Como Martes estaba aún muy débil, Fortunato lo cargó hasta que estuvieron lejos de la choza.

La guacamaya y el tucán volaron tras ellos, como si los acompañaran en su huida. Después de quince minutos de correr y caminar, bañados en sudor, se dieron cuenta de que estaban perdidos. Ya no se escuchaban los ruidos de la aldea, y la gran roca en la que habían convenido verse con Miércoles, Jueves y Viernes no aparecía por ningún lado. Se sentaron a descansar un poco

antes de decidir qué rumbo tomarían. En cuanto Lunes recuperó la respiración, abrazó con fuerza a sus padres. Era tal su emoción, que no encontraba las palabras que pudieran expresar lo que sentía. Estrella y Fortunato tampoco sabían qué decir. Al fin Lunes se secó los ojos, por los que habían resbalado unas lágrimas, y les hizo una rápida reseña acerca de cómo llegó de la isla a tierra firme, en qué momento conoció a sus compañeros, por qué habían decidido meterse en la Selva de los Cuatro Vientos para buscarlos y los planes que hicieron para su rescate. Les dijo también que sus amigos querían irse a vivir con ellos a la isla.

—Fueron ellos los que le prendieron fuego a la choza. Creímos que sólo así los pajarracos podrían ocuparse de otra cosa y no de matarlos.

—Yo creo —dijo Fortunato— que nos iban a cortar las cabezas y a colgarlas de una pared.

—O a comernos —añadió Estrella.

—¿Y si atraparon a los otros? —se atrevió a decir Martes.

—Imposible, nadie en toda la aldea se iba a ocupar de otra cosa que no fuera apagar el incendio. Más bien creo que deben de estar preocupados porque no llegamos al lugar en donde quedamos.

—No recuerdo haber pasado antes por aquí.

—Yo tampoco.

—Si no saben hacia dónde tenemos que ir —dijo Fortunato—, caminemos hacia la ciudad: de seguro tus amigos, al no vernos de regreso, pensarán lo mismo, ¿no crees?

—Sí, pero, ¿hacia dónde queda la ciudad?

—Muy fácil: si el Sol está por meterse, lo único que tenemos que hacer es caminar en sentido contrario, ¿está claro?

—Pues no mucho, pero usted sabe —dijo Martes.

—Por cierto, ya que hablamos del Sol —siguió Estrella—, no falta mucho para que se haga de noche.

En cuanto trataron de saber hacia qué dirección se estaba poniendo el Sol, no se pusieron de acuerdo. Cada quien señalaba hacia lados distintos. La tupida vegetación no les permitía distinguir con claridad el cielo. En ese momento, la guacamaya, que se habían parado en la rama de un árbol, bajó hacia donde estaban los niños y los señores Feliz y armó un gran escándalo. Parecía que quería decirles algo.

En cambio, el tucán, que también estaba atento a lo que sucedía desde otra rama, se echó a volar.

Miércoles, Jueves y Viernes se sentían orgullosos de su hazaña. Estaban los aldeanos tan entretenidos con sus prisioneros, que no se dieron cuenta de que los niños se habían metido en la aldea para tomar un leño encendido de una hoguera y prenderle fuego a una de sus casas. Acto seguido, liberaron a los changos que tenían enjaulados. A los hombres-pájaro los tomó tan desprevenidos el incendio que se hicieron muchas bolas antes de ponerse de acuerdo para apagarlo. Toda la escena la pudieron observar a través de los binoculares. También vieron el momento en el que Lunes salía de la choza, seguido por sus padres y, en brazos, Martes. Viernes aprovechó para tomar varias fotografías de lo sucedido.

Cuando los hombres-pájaro regresaron para ocuparse de los prisioneros y descubrieron que alguien los había rescatado, su alboroto fue aún mayor. No sabían dónde buscarlos ni atinaban a saber qué había sucedido. Corrían de un lado a otro.

Miércoles, Jueves y Viernes se alejaron del lugar para ir al sitio de encuentro convenido con su compañero. Esperaron casi media hora.

—¿Qué les habrá sucedido?

—¿Y si los atraparon de nuevo?

—Puede ser que se hayan perdido.

—O que nos estén esperando en otra parte.

—O que al no encontrarnos hayan decidido regresar.

—Lo que sé es que si nos agarra la noche va a ser más difícil que los encontremos.

En ese momento llegó el tucán, se posó frente a los niños unos instantes y empezó a hacer ruidos extraños y a agitar sus alas. Pero como ellos no reaccionaban, el ave se acercó a Jueves y con su vistoso pico la prendió del chaleco y la jaló.

—¡Quiere que lo sigamos!

El regreso

Ya con el Sol a punto de ocultarse, el guardia despertó de su siesta en cuanto oyó la algarabía de quienes llamaban a la puerta. Al ver a los señores Feliz, guiados por una guacamaya a la que conocía muy bien, comprendió que los niños habían logrado su propósito.

—¡Queremos ver al señor Juan Domingo Águila! —dijo al fin Fortunato Feliz, una vez que recuperó el aliento.

—¡No puedo creer que hayan regresado vivos! —el celador miró con verdadera sorpresa a los niños y a los padres de Lunes— ¡Esto es increíble! ¡Es la primera vez en mi vida que veo que alguien regresa vivo de la selva! Y que conste que he visto mucho... Ya soy un hombre viejo, con once hijos... Pero, ¿no eran acaso cinco niños? ¿O conté mal?

—Faltan Miércoles, Jueves y Viernes.

—¿Así se llaman? ¿Y tú eres Lunes, el niño que dice ser el ahijado del señor Águila?

—Claro que es ahijado del señor Águila —dijo Estrella—. Y nosotros somos sus papás.

—Queremos ver al señor Juan Domingo —añadió Fortunato—. Quizás él pueda ayudarnos a buscar a los otros niños. Lo más seguro es que estén perdidos en medio de la selva.

—O que los hayan atrapado los hombres-pájaro.

—¿Hombres-pájaro?

—Hombres con alas de pájaro, pico de pájaro y garras de pájaro.

—En mi vida había escuchado algo semejante. O más bien sí: ¿conocen a los centauros: mitad caballo y mitad personas como nosotros?

Una voz que salió de quién sabe dónde interrumpió la conversación.

—Hermenegildo, ¿me escuchas?

—Ése soy yo —dijo el celador y corrió a tomar un radio que estaba en su caseta de vigilante.

—¿Por qué no has dejado entrar a quienes están en la puerta de mi casa? Los estoy viendo en el monitor.

—Señor, es que... es que...

—¿Qué esperas para hacerlos pasar?

—A la orden, señor.

Hermenegildo abrió la puerta de la mansión. Antes de pasar, Martes le contó que a él lo había picado la araña Ojo del sol. Le mostró el lugar del piquete del bicho y el lugar de la inyección.

—¿Te dolió el piquete?

—¿El de la araña o el de la aguja?

—El de la Ojo del sol.

—Mucho menos que el de la aguja.

El señor Juan Domingo Águila los esperaba en un amplio salón, el mismo en el que cada fin de año daba un banquete en honor de sus ahijados.

—Veo que regresaron a salvo, señores Feliz. No todo el mundo sale vivo de la Selva de los Cuatro Vientos.

—¿Se acuerda de nosotros?

—¡Cómo no me voy a acordar! Aunque no hayan venido a mis banquetes de fin de año, me acuerdo perfectamente de todos mis ahijados y de sus padres —y su risa estalló en el salón.

—Hay otros tres niños que también se metieron en la selva. Seguramente están perdidos.

—Tranquilos, no deben de tardar mucho en llegar.

—¿Cómo lo sabe? —preguntó Jueves.

—Uno de mis tucanes fue a buscarlos, así como la guacamaya los guió a ustedes. Despreocúpense, llegarán de un momento a otro.

—¿Usted sabía que estábamos en la selva?

—Sí. Y sé muchas cosas más: que el huracán pasó por su isla y que una parvada se los llevó hasta una zona de la selva bastante peligrosa. También supe que unos niños habían estado haciendo preguntas acerca del lugar al que fue a parar el huracán.

—Estuvimos a punto de morir a manos de unos hombres con alas.

—Lo imagino perfectamente. Supongo que su hijo y sus amigos los rescataron, ¿no es así?

—Pero arriesgaron sus vidas.

—Ya lo creo que las arriesgaron, la Selva de los Cuatro Vientos es una de las más peligrosas del mundo.

—¿Y por qué no nos ayudó?

—¡Claro que los ayudé! Mandé a dos de mis mejores aves a auxiliarlos.

—¿Usted las mandó?

—Sólo les pedí que los ayudaran, eso es todo.

—¿Habla con los pájaros? —preguntó Lunes, con la sospecha de que Juan Domingo escondía algo.

—Podría decirse que puedo comunicarme con ellos.

En ese momento, Hermenegildo anunció que el resto de los niños había llegado. Al abrir la puerta, Lunes y Martes corrieron a abrazarlos. Interrumpieron el abrazo para que el señor Águila conociera y saludara a los recién llegados. Los señores Feliz, que seguían muy emocionados, agradecieron a los niños todo lo que efectuaron para rescatarlos.

—Se necesita ser muy valiente para hacer lo que hicieron. Estrella y yo estamos muy agradecidos con ustedes.

—Ya que están todos —dijo Juan Domingo—, cuéntenme paso a paso lo que sucedió.

Los señores Feliz hicieron un relato de los últimos once años, hasta que llegó el día en el que pasó la parvada, el huracán deshizo la isla y se los llevó a la selva con los hombres-pájaro.

—En cuanto salimos de la casa, una ráfaga de viento nos atrapó y nos fuimos volando y dando vueltas. Yo creo que estuvimos así más de una hora, hasta que terminamos en la selva, arriba de un árbol.

—Todavía no sabíamos qué había pasado cuando dos tipos con alas nos bajaron y nos llevaron a su aldea.

En ese punto de la conversación, los niños contaron su parte de la historia, desde que se conocieron en la playa, su viaje a la ciudad y la integración de Jueves y Viernes al grupo, hasta la aldea de los hombres alados, el rescate, el piquete de la araña y la guacamaya y el tucán que los guiaron a su regreso.

—Si no es porque incendiaron a tiempo una de las chozas y soltaron a los changos, de seguro nuestras cabezas ya estarían colgando en una pared.

—La cena está servida —les anunció Juan Domingo—. Supongo que después de tantas emociones deben de tener hambre.

Como si los hubiera estado esperando, la mesa tenía el número de asientos de quienes cenarían. Al centro había platones con diversos manjares y jarras de agua de distintos colores. Todos comieron como si hubieran ayunado una semana completa. Cuando les sirvieron el postre, ya muy animados por lo que comieron, el anfitrión hizo sonar una campanita en señal de que pedía silencio.

—Queridos amigos, me da mucho gusto tenerlos aquí en mi casa. Como ya deben saber, mi única familia son mis ahijados..., y por supuesto sus padres. Los días más felices de mi vida son los últimos de cada año, en los banquetes que doy para ellos, y los primeros del siguiente, cuando conozco a mis nuevos ahijados y les puedo dar su regalo de bienvenida. Por eso estoy contento, porque desde hace once años no tenía noticias de Lunes.

Sus risas estruendosas llenaron los oídos de todos.

—Hasta ayer —continuó—, cuando me enteré de que vino a buscarme un grupo de niños, decidido a meterse en la selva para salvar a los papás de uno de ellos porque se los había llevado el huracán. Inmediatamente supe que se trataba de la familia Feliz. Por eso envié a dos de mis mejores aves a buscarlos, la guacamaya y el tucán.

—¿Usted las mandó por nosotros?

—Muchos de los que no regresan de la selva es porque se pierden.

—O porque los atrapan los hombres-pájaro.

—Hablemos ahora de ese asunto. En la Selva de los Cuatro Vientos habitan seres desconocidos para casi todo el mundo. Los hombres-pájaro que los atraparon son muy peligrosos.

Viernes volvió a contar cómo incendiaron la choza para que los aldeanos dejaran en paz a los prisioneros y así pudieran huir.

—En cuanto vieron que la choza ardía —continuó Jueves—, corrieron hacia ella pero no sabían cómo apagarla. Tardaron un buen rato en organizarse para llevar agua del río.

—Como les decía, son peligrosos y, al mismo tiempo, muy ingenuos. Corrieron con suerte y pudieron salir bien librados. Pero sobre todo tuvieron buenas ideas y supieron trabajar en equipo. Ahora déjenme decirles algo más: hay otros animales en la selva que son inteligentes. Así como tengo mis ahijados que nacen a principios de cada año, tengo también a mis consentidos de la selva: la guacamaya y el tucán que fueron por ustedes son dos de ellos.

—¿Iban a matar a mis papás?

—Por supuesto que los iban a matar. No toleran que los seres humanos se metan en la selva.

Sábado

La familia Feliz regresó a su isla acompañada de Martes y Miércoles. Con la ayuda del señor Águila, en poco tiempo pudieron reconstruir su casa, plantar nuevos árboles, volver a tener animales y dejar todo casi igual que antes de que el huracán lo destruyera.

Martes y Miércoles trabajaron mucho en la reconstrucción. Y aunque Fortunato y Estrella los aceptaron como miembros de la familia, les quedaba la duda de si sus padres los estarían buscando.

—Lo único que mi mamá debe de extrañar es no tener a quién gritarle cucaracha aplastada o insecto asqueroso.

—En cambio, mi papá sí que debe estar preocupado de que me esté tardando tanto en llevarle su botella.

El más contento de todos era Lunes, pues había logrado encontrar a sus padres y salvarlos de las garras de los hombres-pájaro, y ahora tenía en su casa a sus nuevos amigos, con quienes podía hacer un sinfín de actividades en la isla. Una de las cosas que más les gustaba era recordar todo lo que habían vivido, desde que decidieron ir a buscar a los señores Feliz hasta su regreso de la selva a casa de don Juan Domingo. Y también se acordaban mucho de sus amigas Jueves y Viernes y se preguntaban cómo le harían para verlas otra vez. Martes les confió a Lunes y a sus papás su secreto. A ninguno de ellos pareció importarle mucho que su amigo tuviera dos ombligos. Eso lo hacía simplemente más original. Desde entonces, no tuvo la necesidad de estar siempre con la panza cubierta.

Un mes más tarde, una mañana soleada, se escuchó el ruido de varios motores. El silencio y la rutina que solían reinar en la isla se vieron de pronto interrumpidos. Al llegar a la playa descubrieron que se acercaba a la isla una embarcación. Tardaron poco en darse cuenta de que se trataba del señor Águila, que los saludaba agitando las manos. Junto a él estaban Jueves y Viernes.

Los recibieron llenos de emoción.

—Espero que su isla esté mejor que nunca —dijo don Juan Domingo al tiempo que estrechaba la mano de Fortunato—. Yo pensé que había quedado mucho más destruida por el huracán.

—Hemos trabajado mucho y, además, usted nos dio su ayuda.

Los niños, por su parte, no tardaron en abrazar a sus amigas. Jueves iba vestida con una blusa llena de aretes y un sombrero adornado con serpentinas. Viernes llevaba su típica diadema roja.

—Hemos pensado mucho en ustedes. ¿Cómo le hicieron para venir?

—El señor Juan Domingo nos invitó a visitarlos. Hasta mis papás querían venir, chamacos.

—Pasen, pasen, por favor —invitó Estrella—. Tengo galletas y podemos preparar una jarra de agua de frutas.

—Les traje varios tambos de gasolina —dijo el señor Águila mientras caminaban—. Así que ahora no van a dejar de ir a mis banquetes de fin de año, ¿verdad?

—Por supuesto, le prometo que no faltaremos.

Cuando los niños terminaron de enseñarles a sus amigas la isla, a Lunes se le ocurrió decir que lo único que faltaba allí era alguien que se llamara Sábado. El señor Águila sonrió y dijo:

—Por si no se han dado cuenta, precisamente hoy es sábado, y los sábados son mis días consentidos. Los sábados son días de vuelo, son días de libertad.

Y en medio de la huerta, don Juan Domingo dejó a un lado su bastón y se quitó lentamente el abrigo y la camisa. Ante los ojos azorados de todos, extendió sus grandes y brillantes alas de águila blanca y, seguido por una parvada de aves negras se echó a volar con una risa llena de tempestades.

De Domingo a Lunes, de Francisco Hinojosa,
número 197 de la colección A la Orilla del Viento,
se terminó de imprimir y encuadernar en diciembre de 2014
en Impresora y Encuadernadora Progreso, S. A. de C. V. (IEPSA),
calzada San Lorenzo, 244; 09830 México, D. F.

El tiraje fue de 7 800 ejemplares.